涼宮ハルヒの憂鬱

角川文庫
21398

目次

プロローグ

サンタクロースをいつまで信じていたかなんてことはたわいもない世間話にもならないくらいのどうでもいいような話だが、それでも俺がいつまでサンタなどという想像上の赤服じーさんを信じていたかと言うとこれは確信を持って言えるが最初から信じてなどいなかった。

幼稚《ようち》園《えん》のクリスマスイベントに現れたサンタは偽《にせ》サンタだと理解していたし、記憶《きおく》をたどると周囲にいた園児たちもあれが本物だとは思っていないような目つきでサンタのコスプレをした園長先生を眺《なが》めていたように思う。

そんなこんなでオフクロがサンタにキスしているところを目撃《もくげき》したわけでもないのにクリスマスにしか仕事をしないジジイの存在を疑っていた賢《さか》しい俺なのだが、宇宙人や未来人や幽霊《ゆうれい》や妖怪《ようかい》や超能力《ちょうのうりょく》や悪の組織やそれらと戦うアニメ的特撮《とくさつ》的マンガ的ヒーローたちがこの世に存在しないのだということに気付いたのは相当後になってからだった。

いや、本当は気付いていたのだろう。ただ気付きたくなかっただけなのだ。俺は心の底から宇宙人や未来人や幽霊や妖怪や超能力や悪の組織が目の前にふらりと出てきてくれることを望んでいたのだ。

俺が朝目覚めて夜眠《ねむ》るまでのこのフツーな世界に比べて、アニメ的特撮的マンガ的物語の中に描《えが》かれる世界の、なんと魅力《みりょく》的なことだろう。

俺もこんな世界に生まれたかった！

宇宙人にさらわれてでっかい透明《とうめい》なエンドウ豆のサヤに入れられている少女を救い出したり、レーザー銃《じゅう》片手に歴史の改変を図る未来人を知恵《ちえ》と勇気で撃退《げきたい》したり、悪《あく》霊《りょう》や妖怪を呪文《じゅもん》一発で片づけたり、秘密組織の超能力者とサイキックバトルを繰《く》り広げたり、つまりそんなことをしたかった！

いや待て冷静になれ、仮に宇宙人や（以下略）が襲撃《しゅうげき》してきたとしても俺自身には何の特殊《とくしゅ》能力もなく太刀《たち》打ちできるはずがない。ってことで俺は考えたね。

ある日突然謎《とつぜんなぞ》の転校生が俺のクラスにやって来て、そいつが実は宇宙人とか未来人とかまあそんな感じで得体の知れない力なんかを持ってたりして、でもって悪い奴《やつ》らなんかと戦っていたりして、俺もその闘《たたか》いに巻き込まれたりすることになればいいじゃん。メインで戦うのはそいつ。俺はフォロー役。おお素晴らしい、頭いーな俺。

か、あるいはこうだ。やっぱりある日突然俺は不思議な能力に目覚めるのだ。テレポーテーションとかサイコキネシスとかそんなんだ。実は他《ほか》にも超能力を持っている人間はけっこういて、そういう連中ばかりが集められているような組織も当然あって、善玉のほうの組織から仲間が迎《むか》えに来て俺もその一員となり世界征服《せいふく》を狙《ねら》う悪い超能力者と戦うとかな。

しかし現実ってのは意外と厳しい。

実際のところ、俺のいたクラスに転校生が来たことなんて皆無《かいむ》だし、UFOだって見たこともないし、幽霊や妖怪を探しに地元の心霊《しんれい》スポットに行ってもなんも出ないし、机の上の鉛筆《えんぴつ》を二時間も必死こいて凝視《ぎょうし》していても一ミクロンも動かないし、前の席の同級生の頭を授業中いっぱい睨《にら》んでいても思考を読めるはずもない。

世界の物理法則がよく出来ていることに感心しつつ自嘲《じちょう》しつつ、いつしか俺はテレビのUFO特番や心霊特集をそう熱心に観《み》なくなっていた。いるワケねー……でもちょっとはいて欲しい、みたいな最大公約数的なことを考えるくらいにまで俺も成長したのさ。

中学校を卒業する頃《ころ》には、俺はもうそんなガキな夢を見ることからも卒業して、この世の普通《ふつう》さにも慣れていた。一縷《いちる》の期待をかけていた一九九九年に何が起こるわけでもなかったしな。二十一世紀になっても人類はまだ月から向こうに到達《とうたつ》してねーし、俺が生きてる間にアルファケンタウリまで日帰りで往復出来ることもこのぶんじゃなさそうだ。

そんなことを頭の片隅《かたすみ》でぼんやり考えながら俺はたいした感慨《かんがい》もなく高校生になり

——、

涼宮《すずみや》ハルヒと出会った。

第一章

うすらぼんやりとしているうちに学区内の県立高校へと無難に進学した俺が最初に後悔《こうかい》したのはこの学校がえらい山の上にあることで、春だってのに大汗《おおあせ》をかきながら延々と続く坂道を登りつつ手軽なハイキング気分をいやいや満喫《まんきつ》している最中《さなか》であった。これから三年間も毎日こんな山登りを朝っぱらからせにゃならんのかと思うと暗《あん》澹《たん》たる気分になるのだが、ひょっとしたらギリギリまで寝《ね》ていたおかげで自然と早足を強《し》いられているのかもしれず、ならばあと十分でも早起きすればゆっくり歩けるわけだしそうキツイことでもないかと考えたりするものの、起きる間際《まぎわ》の十分の睡眠《すいみん》がどれほど貴重かを思えば、そんなことは不可能で、つまり結局俺は朝の運動を継続《けいぞく》しなければならないだろうと確信し暗澹たる気分が倍加した。

そんなわけで、無駄《むだ》に広い体育館で入学式が行われている間、俺は新しい学び舎《まなや》での希望と不安に満ちた学園生活に思いをはせている新入生特有の顔つきとは関係なく、ただ暗い顔をしていた。同じ中学から来ている奴がかなりの数にのぼっていたし、うち何人かはけっこう仲のよかった連中なので友人のあてに困ることはなかったが。

男はブレザーなのに女はセーラー服ってのは変な組み合わせだな、もしかして今壇《だん》上《じょう》で眠気《ねむけ》を誘《さそ》う音波を長々と発しているヅラ校長がセーラー服マニアなのか、とか考えているあいだにテンプレートでダルダルな入学式がつつがなく終了《しゅうりょう》し、俺は配属された一年五組の教室へ嫌《いや》でも一年間は面《つら》を突《つ》き合せねばならないクラスメイトたちとぞろぞろ入った。

担任の岡部《おかべ》なる若い青年教師は教壇に上がるや鏡の前で小一時間練習したような明朗快活な笑顔《えがお》を俺たちに向け、自分が体育教師であること、ハンドボール部の顧問《こもん》をしていること、大学時代にハンドボール部で活躍《かつやく》しリーグ戦ではそこそこいいところまで勝ちあがったこと、現在この高校のハンドボール部は部員数が少ないので入部即《そく》レギュラーは保障されたも同然であること、ハンドボール以上に面白《おもしろ》い球技はこの世に存在しないであろうことをひとしきり喋《しゃべ》り終えるともう話すことがなくなったらしく、

「みんなに自己紹介《しょうかい》をしてもらおう」

と言い出した。

まああリがちな展開だし、心積もりもしてあったから驚《おどろ》くことでもない。

出席番号順に男女交互《こうご》で並んでいる左端《はし》から一人一人立ち上がり、氏名、出身中学プラスα（趣味《しゅみ》とか好きな食べ物とか）をあるいはぼそぼそと、あるいは調子よく、

あるいはダダ滑《すべ》りするギャグを交えて教室の温度を下げながら、だんだんと俺の番が近づいてきた。緊張《きんちょう》の一瞬《いっしゅん》である。解《わか》るだろ？

頭でひねっていた最低限のセリフを何とか噛《か》まずに言い終え、やるべきことをやったという解放感に包まれながら俺は着席した。替《か》わりに後ろの奴《やつ》が立ち上がり——あ、俺は生涯《しょうがい》このことを忘れないだろうな——後々語り草となる言葉をのたまった。

「東《ひがし》中学出身、涼宮ハルヒ」

ここまでは普通《ふつう》だった。真後ろの席を身体《からだ》をよじって見るのもおっくうなので俺は前を向いたまま、その涼やかな声を聞いた。

「ただの人間には興味ありません。この中に宇宙人、未来人、異世界人、超能力《ちょうのうりょく》者がいたら、あたしのところに来なさい。以上」

さすがに振《ふ》り向いたね。

長くて真《ま》っ直《す》ぐな黒い髪《かみ》にカチューシャつけて、クラス全員の視線を傲然《ごうぜん》と受け止める顔はこの上なく整った目鼻立ち、意志の強そうな大きくて黒い目を異常に長いまつげが縁取《ふちど》り、淡桃色《うすももいろ》の唇《くちびる》を固く引き結んだ女。

ハルヒの白い喉《のど》がやけにまばゆかったのを覚えている。えらい美人がそこにいた。

ハルヒは喧嘩《けんか》でも売るような目つきでゆっくりと教室中を見渡《みわた》し、最後に大口開けて見上げている俺をじろりと睨《にら》むと、にこりともせずに着席した。

これってギャグなの?

おそらく全員の頭にどういうリアクションをとればいいのか、疑問符《ぎもんふ》が浮《う》かんでいたことだろう。「ここ、笑うとこ?」

結果から言うと、それはギャグでも笑いどころでもなかった。涼宮ハルヒは、いつだろうがどこだろうが冗談《じょうだん》などは言わない。

常に大マジなのだ。

のちに身をもってそのことを知った俺が言うんだから間違《まちが》いはない。

沈黙《ちんもく》の妖精《ようせい》が三十秒ほど教室を飛び回り、やがて体育教師岡部がためらいがちに次の生徒を指名して、白くなっていた空気はようやく正常化した。

こうして俺たちは出会っちまった。

しみじみと思う。偶然《ぐうぜん》だと信じたい、と。


このように一瞬にしてクラス全員のハートをいろんな意味でキャッチした涼宮ハルヒだが、翌日以降しばらくは割とおとなしく一見無害な女子高生を演じていた。

嵐《あらし》の前の静けさ、という言葉の意味が今の俺にはよく解る。

　いや、この高校に来るのは、もともと市内の四つの中学校出身の生徒たち（成績が普通レベルの奴ら）ばかりだし、東中もその中に入っていたから、涼宮ハルヒと同じ中学から進学した奴らもいるわけで、そんな彼らにしてみればこいつの雌伏《しふく》状態が何かの前兆であることに気付いていたんだろうが、あいにく俺は東中に知り合いがいなかったしクラスの誰《だれ》も教えてくれなかったから、スットンキョーな自己紹介から数日後、忘れもしない、朝のホームルームが始まる前だ。涼宮ハルヒに話しかけるという愚《ぐ》の骨頂なことを俺はしでかしてしまった。

　ケチのつき始めのドミノ倒《たお》し、その一枚目を俺は自分で倒しちまったというわけだ。だってよ、涼宮ハルヒは黙《だま》ってじっと座っている限りでは一美少女高校生にしか見えないんだぜ。たまたま席が真ん前だったという地の利を生かしてお近づきになっとくのもいいかなと一瞬血迷った俺を誰が責められよう。

　もちろん話題はあのことしかあるまい。

「なあ」

　と、俺はさりげなく振り返りながらさりげない笑みを満面に浮かべて言った。

「しょっぱなの自己紹介のアレ、どのへんまで本気だったんだ？」

　腕《うで》組みをして口をへの字に結んでいた涼宮ハルヒはそのままの姿勢でまともに俺の目を凝視《ぎょうし》した。

「自己紹介のアレって何」

「いや、だから宇宙人がどうとか」

「あんた、宇宙人なの？」

大まじめな顔で訊《き》きやがる。

「……違うけどさ」

「違うけど、何なの」

「……いや、何もない」

「だったら話しかけないで。時間の無駄《むだ》だから」

思わず「すみません」と謝ってしまいそうになるくらい冷徹《れいてつ》な口調と視線だったね。

涼宮ハルヒは、まるで芽キャベツを見るように俺に向けていた目をフンとばかりに逸《そ》らすと、黒板の辺りを睨《にら》みつけ始めた。

何かを言い返そうとして結局何も思いつけないでいた俺は担任の岡部が入ってきたおかげで救われた。

負け犬の心でしおしおと前を向くと、クラスの何人かがこっちの方を興味深げに眺《なが》めていやがった。目が合うと実に意味深な半笑いで「やっぱりな」とでも言いたげな、そして同情するかのごときうなずきを俺によこす。

なんか、シャクに障《さわ》る。後で解ったことだがそいつらは全員東中出身だった。

　とまあ、おそらくファースト・コンタクトとしては最悪の部類に入る会話のおかげで、さすがに俺も涼宮ハルヒには関《かか》わらないほうがいいのではないかと思い始めてその思いが覆《くつがえ》らないまま一週間が経過した。

　だが理解していない観察眼のない奴もまだまだいないわけではなく、いつも不機嫌《ふきげん》そうに眉間《みけん》にしわを寄せ唇《くちびる》をへの字にしている涼宮ハルヒに何やかやと話しかけるクラスメイトも中にはいた。

　だいたいそれはおせっかいな女子であり、新学期早々クラスから孤立《こりつ》しつつある女子生徒を気遣《きづか》って調和の輪の中に入れようとする、本人にとっては好意から出た行動なのだろうが、いかんせん相手が相手だった。

「ねえ、昨日のドラマ見た？　九時からのやつ」

「見てない」

「えー？　なんでー？」

「知らない」

「いっぺん見てみなよ、あーでも途中《とちゅう》からじゃ解《わか》んないか。そうそう、だったら教えてあげようか、今までのあらすじ」

「うるさい」

こんな感じ。

無表情に応答するならまだしも、あからさまにイライラした顔と発音で応《こた》えるものだから話しかけた人間の方が何か悪いことをしているような気分になり、結局「うん……まあ、その……」と肩《かた》を落としてすごすご引き下がることになる。「あたし、何かおかしな事言った？」

安心したまえ、言ってない。おかしいのは涼宮ハルヒの頭のほうさ。

別段一人で飯喰《く》うのは苦にならないものの、やはり皆《みな》がわやわや言いながら机をくっつけているところにポツンと取り残されるように弁当をつついているというのも何なので、というわけでもないのだが、昼休みになると俺は中学が同じで比較的《ひかくてき》仲のよかった国木田《くにきだ》と、たまたま席が近かった東中出身の谷口《たにぐち》という奴《やつ》と席を同じくすることにしていた。

涼宮ハルヒの話題が出たのはその時である。

「お前、この前涼宮に話しかけてたな」

何気《なにげ》にそんな事を言い出す谷口。まあ、うなずいとこう。

「わけの解らんこと言われて追い返されただろ」

その通りだ。

谷口はゆで卵の輪切りを口に放り込み、もぐもぐしながら、

「もしあいつに気があるんなら、悪いことは言わん、やめとけ。涼宮が変人だってのは充分《じゆうぶん》解ったろ」

中学で涼宮と三年間同じクラスだったからよく知ってるんだがな、と前置きし、

「あいつの奇人《きじん》ぶりは常軌《じようき》を逸《いっ》している。高校生にもなったら少しは落ち着くかと思ったんだが全然変わってないな。聞いたろ、あの自己紹介《しようかい》」

「あの宇宙人がどうとか言うやつ？」

焼き魚の切り身から小骨を細心の注意で取り除いていた国木田が口を挟《はさ》んだ。

「そ。中学時代にもわけの解らんことを言いながらわけの解らんことを散々やり倒《たお》していたな。有名なのが校庭落書き事件」

「何だそりゃ？」

「石灰《せっかい》で白線引く道具があるだろ。あれ何つうんだっけ？　まあいいや、とにかくそれで校庭にデカデカとけったいな絵文字を書きやがったことがある。しかも夜中の学校に忍《しの》び込んで」

そん時のことを思い出したのか谷口はニヤニヤ笑いを浮《う》かべた。

「驚《おどろ》くよな。朝学校来たらグラウンドに巨大《きょだい》な丸とか三角とかが一面に書きなぐってあるんだぜ。近くで見ても何が書いてあるのか解らんから試しに校舎の四階から見てみたんだが、やっぱり何が書いてあるのか解らんかったな」

「あ、それ見た覚えあるな。確か新聞の地方欄《らん》に載《の》ってなかった？　航空写真でさ。出来そこないのナスカの地上絵みたいなの」

　と国木田が言う。俺には覚えがない。

「載ってた載ってた。中学校の校庭に描《えが》かれた謎《なぞ》のイタズラ書き、ってな。で、こんなアホなことをした犯人は誰《だれ》だってことになったんだが……」

「その犯人があいつだったってわけか」

「本人がそう言ったんだから間違《まちが》いない。当然、何でそんなことしたんだってなるわな。校長室にまで呼ばれてたぜ。教師総掛《が》かりで問いつめられたらしい」

「何でそんなことしたんだ？」

「知らん」

　あっさり答えて谷口は白飯をもしゃもしゃと頬張《ほおば》った。

「とうとう白状しなかったそうだ。だんまりを決め込んだ涼宮のキッツい目で睨《にら》まれてみろ、もうどうしようもないぜ。一説によるとUFOを呼ぶための地上絵だとか、あるいは悪魔召喚《あくましょうかん》の魔法陣《まほうじん》だとか、または異世界への扉《とびら》を開こうとしてたとか、噂《うわさ》はいろいろあったんだが、とにかく本人が理由を言わんのだから仕方がない。今もって謎のままだ」

俺の脳裏《のうり》には、真っ暗の校庭に真剣《しんけん》な表情で白線を引いている涼宮ハルヒの姿が浮かんでいた。ガラゴロ引きずっているラインカーと山積みにしている石灰の袋《ふくろ》はあらかじめ体育倉庫からガメていたんだろう。懐中《かいちゅう》電灯くらいは持っていたかもしれない。頼《たよ》りない明かりに照らされた涼宮ハルヒの顔はどこか思い詰《つ》めた悲壮《ひそう》感に溢《あふ》れていた。俺の想像だけどな。

たぶん涼宮ハルヒは本気でUFOあるいは悪魔または異世界への扉を呼び出そうとしたのだろう。ひょっとしたら一晩中、中学の運動場でがんばっていたのかもしれない。そしてとうとう何も現れなかったことにたいそう落胆《らくたん》したに違いない、と根拠《こんきょ》もなく思った。

「他《ほか》にもいっぱいやってたぞ」

谷口は弁当の中身を次々と片づけつつ、

「朝教室に行ったら机が全部廊下《ろうか》に出されてたこともあったな。校舎の屋上に星マークをペンキで描いたり、学校中に変なお札、キョンシーが顔にはっ付けているようなやつな、あれがベタベタ貼《は》りまくられたこともあった。意味わかんねーよ」

ところで今教室に涼宮ハルヒはいない。いたらこんな話も出来ないだろうが、たとえいたとしてもまったく気にしないような気もする。その涼宮ハルヒだが、四時間目が終わるとすぐ教室を出て行って五時間目が始まる直前にならないと戻《もど》ってこないのが常だ。弁当を持ってきた様子はないから食堂を利用しているんだろう。しかし昼飯に一時間もかけないだろうし、そういや授業の合間の休み時間にも必ずと言っていいほど教室にはいない奴《やつ》で、いったいどこをうろついているんだか。

「でもなぁ、あいつモテるんだよな」

谷口はまだ話している。

「なんせツラがいいしさ。おまけにスポーツ万能で成績もどちらかと言えば優秀《ゆうしゅう》なんだ。ちょっとばかし変人でも黙《だま》って立ってたら、んなこと解《わか》んねーし」

「それにも何かエピソードがあんの？」

問う国木田は谷口の半分も箸《はし》が進んでいない。

「一時期は取っ替《か》え引っ替えってやつだったな。俺の知る限り、一番長く続いて一週間、最短では告白されてオーケーした五分後に破局してたなんてのもあったらしい。例外なく涼宮が振《ふ》って終わりになるんだが、その際に言い放つ言葉がいつも同じ、『普通《ふつう》の人間の相手してるヒマはないの』。だったらオーケーするなってーの」

こいつもそう言われたクチかもな。そんな俺の視線に気付いたか、谷口は慌《あわ》てたふうに、

「聞いた話だって、マジで。何でか知らねえけどコクられて断るってことをしないんだよ、あいつは。三年になった頃《ころ》にはみんな解ってるもんだから涼宮と付き合おうなんて考える奴はいなかったけどな。でも高校でまた同じことを繰《く》り返す気がするぜ。だからな、お前が変な気を起こす前に言っておいてやる。やめとけ。こいつは同じクラスになったよしみで言う俺の忠告だ」

やめとくも何も、そんな気ないんだがな。

食い終わった弁当箱を鞄《かばん》にしまい込んで谷口はニヤリと笑った。

「俺だったらそうだな、このクラスでのイチオシはあいつだな、朝倉涼子《あさくらりょうこ》」

谷口がアゴをしゃくって示した先に、女どもの一団が仲むつまじく机をひっつけて談笑《だんしょう》している。その中心で明るい笑顔《えがお》を振りまいているのが朝倉涼子だった。

「俺の見立てでは一年の女の中でもベスト3には確実に入るね」

一年の女子全員をチェックでもしたのか。

「おうよ。AからDにまでランク付けしてそのうちAランクの女子はフルネームで覚えたぜ。一度しかない高校生活、どうせなら楽しく過ごしたいからよ」

「朝倉さんがそのAなわけ？」と国木田。

「AAランクプラス、だな。俺くらいになると顔見るだけで解る。アレはきっと性格までいいに違いない」

勝手に決めつける谷口の言葉はまあ話半分で聞くとしても、実のところ朝倉涼子もまた涼宮ハルヒとは別の意味で目立つ女だった。

まず第一に美人である。いつも微笑《ほほえ》んでいるような雰囲気《ふんいき》がまことによい。第二に性格がいいという谷口の見立てはおそらく正しい。この頃になると涼宮ハルヒに話しかけようなどという酔狂《すいきょう》な人間は皆無《かいむ》に等しかったが、いくらぞんざいにあしらわれてもそれでもめげずに話しかける唯一《ゆいいつ》の人間が朝倉である。どことなく委員長っぽい気質がある。第三に授業での受け答えを見てると頭もなかなかいいらしい。当てられた問題に確実に正答している。教師にとってもありがたい生徒だろう。第四に同性にも人気がある。まだ新学期が始まって一週間そこそこだが、あっという間にクラスの女子の中心的人物になりおおせてしまった。人を惹《ひ》きつけるカリスマみたいなものが確かにある。

いつも眉間《みけん》にシワ寄せている頭の内部がミステリアスな涼宮ハルヒと比べると、そりゃ彼女にするんならこっちかな、俺だって。つーか、どっちにしろ谷口には高嶺《たかね》の花だと思うが。

まだ四月だ。この時期、涼宮ハルヒもまだ大人しい頃合いで、つまり俺にとっても心安まる月だった。ハルヒが暴走を開始するにはまだ一ヶ月弱ほどある。

しかしながら、ハルヒの奇矯《ききょう》な振《ふ》る舞《ま》いはこの頃から徐々《じょじょ》に片鱗《へんりん》を見せていたと言うべきだろう。

と言うわけで、片鱗その一。

髪型《かみがた》が毎日変わる。何となく眺《なが》めているうちにある法則性があることに気付いたのだが、それはつまり、月曜日のハルヒはストレートのロングヘアを普通に背中に垂らして登場する。次の日、どこから見ても非のうちどころのないポニーテールでやって来て、それがまたいやになるくらい似合っていたのだが、その次の日、今度は頭の両《りょう》脇《わき》で髪をくくるツインテールで登校し、さらに次の日になると三つ編みになり、そして金曜日の髪型は頭の四ヶ所を適当にまとめてリボンで結ぶというすこぶる奇妙《きみょう》なものになる。

月曜＝〇、火曜＝一、水曜＝二……。

ようするに曜日が進むごとに髪を結ぶ箇所《かしょ》が増えているのである。月曜日にリセットされ後は金曜日まで一つずつ増やしていく。何の意味があるのかさっぱり解らないし、この法則に従うなら最終的には六ヶ所になっているはずで、果たして日曜日にハルヒがどんな頭になっているのか見てみたい気もする。

片鱗その二。

体育の授業は男女別に行われるので五組と六組の合同となる。着替《きが》えは女が奇数《きすう》クラス、男が偶数《ぐうすう》クラスに移動してすることになっており、当然前の授業が終わると五組の男子は体操着入れを手にぞろぞろと六組に移動するわけだ。

そんな中、涼宮ハルヒはまだ男どもが教室に残っているにもかかわらず、やおらセーラー服を脱《ぬ》ぎ出したのだった。

まるでそこらの男などカボチャかジャガイモでしかないと思っているような平然たる面持《おもも》ちで脱いだセーラー服を机に投げ出し、体操着に手をかける。

あっけにとられていた俺を含《ふく》めた男たちは、この時点で朝倉涼子によって教室から叩《たた》き出された。

その後朝倉涼子をはじめとしてクラスの女子はこぞってハルヒに説教をしたらしいが、まあ何の効果もなかったね。ハルヒは相変わらず男の目などまったく気にせず平気で着替えをやり始めるし、おかげで俺たち男連中は体育前の休み時間になるとチャイムと同時にダッシュで教室から撤退《てったい》することを——主に朝倉涼子に——義務づけられてしまった。

それにしてもやけにグラマーだったたな……いや、それはさておき。

片鱗その三。

基本的に休み時間に教室から姿を消すハルヒはまた放課後になるとさっさと鞄《かばん》を持

って出て行ってしまう。最初はそのまま帰宅してるのかと思っていたらさにあらず、呆《あき》れることにハルヒはこの学校に存在するあらゆるクラブに仮入部していたのだった。昨日バスケ部でボールを転がしていたかと思ったら、今日は手芸部で枕《まくら》カバーをちくちく縫《ぬ》い、明日はラクロス部で棒振り回しているといった具合。野球部にも入ってみたというから徹底している。運動部からは例外なく熱心に入部を勧《すす》められ、そのすべてを断ってハルヒは毎日参加する部活動を気まぐれに変えたあげく、結局どこにも入部することはなかった。

何がしたいんだろうな、こいつはよ。

この件により「今年の一年におかしな女がいる」という噂《うわさ》は瞬《また》く間に全校に伝播《でんぱ》し、涼宮ハルヒを知らない学校関係者などいないという状態になるまでにかかった日数はおよそ一ヶ月。五月の始まる頃《ころ》には、校長の名前を覚えていない奴《やつ》がいても涼宮ハルヒの名を知らない奴は存在しないまでになっていた。

そんなこんなをしながら——もっとも、そんなこんなをしていたのはハルヒだけだったが——五月がやって来る。

運命なんてものを俺は琵琶湖《びわこ》で生きたプレシオサウルスが発見される可能性よりも

信じない。だが、もし運命が人間の知らないところで人生に影響《えいきょう》を行使しているのだとしたら、俺の運命の輪はこのあたりで回り出したんだろうと思う。きっと、どこか遥《はる》か高みにいる誰《だれ》かが俺の運命係数を勝手に書き換《か》えやがったに違《ちが》いない。

ゴールデンウィークが明けた一日目。失われた曜日感覚と共に、まだ五月だってのに異様な陽気にさらされながら俺は学校へと続く果てしない坂道を汗水《あせみず》垂らして歩いていた。地球はいったい何がやりたいんだろう。黄熱病にでもかかってるんじゃないか。

「よ、キョン」

後ろから肩《かた》を叩かれた。谷口だった。

ブレザーをだらしなく肩に引っかけ、ネクタイをよれよれに結んだニヤつき面《づら》で、

「ゴールデンウィークはどっか行ったか？」

「小学生の妹を連れて田舎《いなか》のバーさん家《ち》に」

「しけてやんなあ」

「お前はどうなんだよ」

「ずっとこバイト」

「似たようなもんじゃないか」

「キョン、高校生にもなって妹のお守《も》りでジジババのご機嫌《きげん》うかがいに行っててどうすんだ。高校生なら高校生らしいことをだな、」

ちなみにキョンというのは俺のことだ。最初に言い出したのは叔母《おば》の一人だったように記憶《きおく》している。何年か前に久しぶりに会った時、「まあキョンくん大きくなって」と勝手に俺の名をもじって呼び、それ聞いた妹がすっかり面白《おもしろ》がって「キョンくん」と言うようになり、家に遊びに来た友達がそれを聞きつけ、その日からめでたく俺のあだ名はキョンになった。くそ、それまで俺を「お兄ちゃん」と呼んでいてくれてたのに。妹よ。

「ゴールデンウィークに従兄弟《いとこ》連中で集まるのが家の年中行事なんだよ」

投げやりに答えて俺は坂道を登り続ける。髪《かみ》の中から滲《し》み出す汗がひたすら不快だ。谷口はバイトで出会った可愛《かわい》い女の子がどうしたとか小金が貯《た》まったからデート資金に不足はないとか、やたら元気に喋《しゃべ》りまくっていた。他人の見た夢の話とペットの自慢《じまん》話と並んで、この世で最もどうでもいい情報の一つだろう。

谷口の計画する相手不在の仮想デートコースを三パターンほど聞き流しているうちに、ようやく俺は校門に到達《とうたつ》した。

教室に入ると涼宮ハルヒはとっくに俺の後ろの席で涼《すず》しい顔を窓の外に向けていて、今日は頭に二つドアノブを付けているようなダンゴ頭で、それで俺は、ああ今日は二ヶ所だから水曜日かと認識して椅子《いす》に座り、そして何か魔《ま》が差してしまったんだろう。それ以外の理由に思い当たるフシがない。気が付いたら涼宮ハルヒに話しかけていた。

「曜日で髪型変えるのは宇宙人対策か？」

ハルヒはロボットのような動きで首をこちらに向けると、いつもの笑わない顔で俺を見つめた。ちと怖《こわ》い。

「いつ気付いたの」

路傍《ろぼう》の石に話しかけるような口調でハルヒは言った。

そう言われればいつだっただろう。

「ん——……ちょっと前」

「あっそう」

ハルヒは面倒《めんどう》くさそうに頬杖《ほおづえ》をついて、

「あたし、思うんだけど、曜日によって感じるイメージってそれぞれ異なる気がするのよね」

初めて会話が成立した。

「色で言うと月曜は黄色。火曜が赤で水曜が青で木曜が緑、金曜は金色で土曜は茶色、日曜は白よね」

それは解《わか》るような気もするが。

「つうことは、数字にしたら月曜がゼロで日曜が六なのか？」

「そう」

「俺は月曜は一って感じがするけどな」

「あんたの意見なんか誰も聞いてない」

「……そうかい」

投げやりに呟《つぶや》く俺の顔のどこがどうなのか、ハルヒは気に入らなそうなしかめ面《づら》でこちらを見つめ、俺が少しばかり精神に不安定なものを感じるまでの時間を経過させておいて、

「あたし、あんたとどこかで会ったことがある？　ずっと前に」

と、訊《き》いた。

「いいや」

と、俺は答え、岡部担任教師が軽快に入ってきて、会話は終わった。

きっかけ、なんてのは大抵《たいてい》どうってことないものなんだろうけど、まさしくこれがきっかけになったんだろうな。

だいたいハルヒは授業中以外に教室にいたためしがないから何か話そうと思うとそ

れは朝のホームルーム前くらいしか時間がないわけで、たまたま俺がハルヒの前の席にいただけってこともあって何気なく話しかけるには絶好のポジションにいたことは否定出来ない。

しかしハルヒがまともな返答をよこしたことは驚《おどろ》きだ。てっきり「うるさいバカ黙《だま》れどうでもいいでしょ、んなこと」と言われるものだとばかり思っていたからな。思っていながら話しかけた俺もどうかしてるが。

だから、ハルヒが翌日、法則通りなら三つ編みで登校するところを、長かった麗《うるわ》しい黒髪をばっさり切って登場したときには、けっこう俺は動揺《どうよう》した。

腰《こし》にまで届こうかと伸《の》ばしていた髪が肩《かた》の辺りで切りそろえられていて、それはそれでめちゃくちゃ似合っていたんだが、それにしたって俺が指摘《してき》した次の日に短くするってのも短絡《たんらく》的にすぎないか、おい。

そのことを尋《たず》ねるとハルヒは、

「別に」

相変わらず不機嫌そうに言うのみで格別な感想を漏《も》らすわけもなく、髪を切った理由を教えてくれるわけもなかった。

だろうと思ったけどさ。

「全部のクラブに入ってみたってのは本当なのか」

あれ以来、ホームルーム前のわずかな時間にハルヒと話すのは日課になりつつあった。話しかけない限りハルヒは何のアクションも起こさない上、昨日のテレビドラマとか今日の天気とかいったハルヒ的「死ぬほどどうでもいい話」にはノーリアクションなので、話題には毎回気をつかう。

「どこか面白《おもしろ》そうな部があったら教えてくれよ。参考にするからさ」

「ない」

ハルヒは即答《そくとう》した。

「全然ない」

駄目《だめ》押ししてハルヒは蝶《ちょう》の羽ばたきのような吐息《といき》を漏らした。ため息のつもりだろうか。

「高校に入れば少しはマシかと思ったけど、これじゃ義務教育時代と何も変わんないわね。入る学校間違《まちが》えたかしら」

何を基準に学校選びをしているのだろう。

「運動系も文化系も本当にもうまったく普通《ふつう》。これだけあれば少しは変なクラブがあってもよさそうなのに」

何をもって変だとか普通だとかを決定するんだ？

「あたしが気に入るようなクラブが変、そうでないのは全然普通、決まってるでしょ」

そうかい、決まってるのかい。初めて知ったよ。

「ふん」

そっぽを向き、この日の会話、終了《しゅうりょう》。

また別の日は、

「ちょいと小耳に挟《はさ》んだんだけどな」

「どうせロクでもないことをでしょ」

「付き合う男全部振《ふ》ったって本当か？」

「何であんたにそんなこと言わなくちゃいけないのよ」

肩にかかる黒髪をハラリと払《はら》い、ハルヒは真っ黒な瞳《ひとみ》で俺を睨《にら》みつけた。まったく、無表情でいないときは怒《おこ》った顔ばっかりだな。

「出どころは谷口？　高校に来てまであのアホと同じクラスなんて、ひょっとしたらストーカーかしら、あいつ」

「それはない」と思う。

「何を聞いたか知らないけど、まあいいわ、多分全部本当だから」

「一人くらいまともに付き合おうとか思う奴《やつ》がいなかったのか」

「全然ダメ」

どうやらこいつの口癖《くちぐせ》は「全然」のようだ。

「どいつもこいつもアホらしいほどまともな奴だったわ。日曜日に駅前に待ち合わせ、行く場所は判で押したみたいに映画館か遊園地かスポーツ観戦、ファストフードで昼ご飯食べて、うろうろしてお茶飲んで、じゃあまた明日ね、ってそれしかないの？」

それのどこが悪いのだと思ったが、口に出すのはやめておいた。ハルヒがダメだと言うからにはそれはすべからくダメなのだろうな。

「あと告白がほとんど電話だったのは何なの、あれ。そういう大事なことは面と向かって言いなさいよ！」

虫でも見るような目つきを前にして重大な——少なくとも本人にとっては——打ち明けごとをする気になれなかっただろう男の気分をトレースしながら一応俺は同意しておいた。

「まあ、そうかな、俺ならどっかに呼び出して言うかな」

「そんなことはどうでもいいのよ！」

どっちなんだよ。

「問題はね、くだらない男しかこの世に存在しないのかどうなのってことよ。ほんと中学時代はずうっとイライラしっぱなしだった」

今もだろうが。

「じゃ、どんな男ならよかったんだ？　やっぱりアレか、宇宙人か？」

「宇宙人、もしくはそれに準じる何かね。とにかく普通の人間でなければ男だろうが女だろうが」

どうしてそんなに人間以外の存在にこだわるのだろう。俺がそう言うと、ハルヒはあからさまにバカを見る目をして言い放った。

「そっちのほうが面白いじゃないの！」

それは……そうかもしれない。

俺だってハルヒの意見に否《いな》やはない。転校生の美少女が実は宇宙人と地球人のハーフであったりして欲しい。今、近くの席から俺とハルヒをチラチラうかがっているアホの谷口の正体が未来から来た調査員かなにかであったりしたらとても面白《おもしろ》いと思うし、やはりこっちを向いてなぜか微笑《ほほえ》んでいる朝倉涼子が超能力《ちょうのうりょく》者だったら学園生活はもうちょっと楽しくなると思う。

だが。そんなことはまずあり得ない。宇宙人や未来人や超能力者がいるなんてことがあり得ないし、たとえいたとしてもホイホイ俺たちの前に登場することも、だいたい何の関係もない俺の前にやって来て「いやあワタクシ、その正体は宇宙人とかでして」と自己紹介《しょうかい》してくれるわけねーだろ。

「だからよ！」

ハルヒは椅子《いす》を蹴倒《けたお》して叫《さけ》んだ。教室に揃《そろ》っていた全員が振り返る。

「だからあたしはこうして一生懸命《いっしょうけんめい》、」

「遅《おく》れてすまない！」

息せき切って明朗快活岡部体育教師が駆《か》け込んできて、拳《こぶし》を握《にぎ》りしめて立ち上がった姿勢で天井《てんじょう》を睨《にら》んでいるハルヒとそのハルヒを一斉《いっせい》に振り返って見ている一同を目にして、ギョッと立ちすくんだ。

「あー……ホームルーム、始めるぞ」

すとんとハルヒは腰《こし》を下ろし、机の角を熱心に眺《なが》め始める。ふう。

俺も前を向き、他の連中も前を向き、岡部教諭《きょうゆ》はよたよたと壇上《だんじょう》に登り、咳払《せきばら》いを一つ。

「遅れてすまない。あー……ホームルーム、始めるぞ」

最初から言い直し、いつもの日常が復活した。おそらくこんな日常こそがハルヒの最も忌《い》むべきものなんだろうな。

でも人生ってそんなもんだろ？

しかしな。ハルヒの生き様をうらやましいと思う理屈《りくつ》では割り切れない感情が心の片隅《かたすみ》でひっそり躍《おど》っていることも無視出来ない。

俺がとうにあきらめてしまった非日常との邂逅《かいこう》をいまだに待ち望んでいるわけだし、何と言ってもやり方がアクティブだよな。

ただ待っていても都合よくそんなもんは現れやしない。だったらこちらから呼んじまおう。で、校庭に白線引いたり屋上にペンキ塗《ぬ》ったりフダを貼《は》り回ったり。

いやはや（これって死語か？）。

いつからハルヒが傍目《はため》から見るとトチ狂《くる》っているとしか思えないことをやっていたのか知らんけど、待てど暮らせど何も現れず、業《ごう》を煮《に》やして奇怪《きかい》な儀式《ぎしき》を行ってもナシのツブテ、そりゃいつも全世界を呪《のろ》っているような顔にもなる……わけないか。

「おい、キョン」

休み時間、谷口が難しい表情を顔に貼り付けてやって来た。そんな顔してると本当にアホみたいだぞ、谷口。

「ほっとけ。んなこたぁいい。それよりお前、どんな魔法《まほう》を使ったんだ？」

「魔法って何だ？」

高度に発達した科学は魔法と見分けがつかないという警句を思い出しながら俺は聞

き返した。授業が終わると例によって教室から消えてしまったハルヒの席を親指で指して谷口は言った。

「俺、涼宮が人とあんなに長い間喋《しゃべ》ってるの初めて見るぞ。お前、何言ったんだ？」

さて、何だろう。適当なことしか訊《き》いていないような気がするんだが。

「驚天動地《きょうてんどうち》だ」

あくまで大げさに驚《おどろ》きを表明する谷口。その後ろからひょこりと国木田が顔を出した。

「昔からキョンは変な女が好きだからねぇ」

誤解を招くようなことを言うな。

「キョンが変な女を好きでもいっこうに構わん。俺が理解しがたいのは、涼宮がキョンを相手にちゃんと会話を成立させていることだ。納得《なっとく》がいかん」

「どちらかと言うとキョンも変な人間にカテゴライズされるからじゃないかなぁ」

「そりゃ、キョンなんつーあだ名の奴《やつ》がまともであるはずはないんだがな。それにしても」

キョンキョン言うな。俺だってこんなマヌケなニックネームで呼ばれるくらいなら本名で呼ばれたほうがいくらかマシだ。せめて妹には「お兄ちゃん」と呼んでもらいたい。

「わたしも聞きたいな」

いきなり女の声が降って来た。軽《かろ》やかなソプラノ。見上げると朝倉涼子の作り物でもこうはいかない笑顔《えがお》が俺に向けられていた。

「わたしがいくら話しかけても、なーんも答えてくれない涼宮さんがどうしたら話すようになってくれるのか、コツでもあるの？」

俺は一応考えてみた。と言うか考えるフリをして首を振《ふ》った。考えるまでもないからな。

「解《わか》らん」

朝倉は笑い声を一つ。

「ふーん。でも安心した。涼宮さん、いつまでもクラスで孤立《こりつ》したままじゃ困るもんね。一人でも友達が出来たのはいいことよね」

どうして朝倉涼子がまるで委員長みたいな心配をするのかと言うと、委員長だからである。この前のロングホームルームの時間にそう決まったのだ。

「友達ね……」

俺は首をかしげる。そうなのか？　それにしては俺はハルヒの渋面《じゅうめん》しか見てないような気がするぞ。

「その調子で涼宮さんをクラスに溶《と》け込めるようにしてあげてね。せっかく一緒《いっしょ》のクラスになったんだから、みんな仲良くしていきたいじゃない？　よろしくね」

よろしくね、と言われてもな。

「これから何か伝えることがあったら、あなたから言ってもらうようにするから」

いや、だから待てよ。俺はあいつのスポークスマンでも何でもないぞ。

「お願い」

両手まで合わされた。俺は「ああ」とか「うう」とか呻《うめ》き、それを肯定《こうてい》の意思表示と取ったのか、朝倉は黄色いチューリップみたいな笑顔を投げかけて、また女子の輪の中へ戻《もど》って行った。輪を構成する女どもが残らずこちらを注目していたことが俺の気分をさらにツーランクほどダウンさせる。

「キョン、俺たち友達だよな……」

谷口が胡乱《うろん》な目で俺に言う。何の話だよ。国木田までが目を閉じ腕《うで》を組んで意味もなく頷《うなず》いている。

どいつもこいつもアホだらけだ。

席替《せきが》えは月に一度といつの間にやら決まったようで、委員長朝倉涼子がハトサブレの缶《かん》に四つ折りにした紙片のクジを回して来たものを引くと俺は中庭に面した窓際《まどぎわ》後方二番目というなかなかのポジションを獲得《かくとく》した。その後ろ、ラストグリッドについたのが誰《だれ》かと言うと、なんてことだろうね、涼宮ハルヒが虫歯をこらえるような顔で座っていた。

「生徒が続けざまに失踪《しっそう》したりとか、密室になった教室で先生が殺されてたりとかしないものかしらね」

「物騒《ぶっそう》な話だな」

「ミステリ研究会ってのがあったのよ」

「へえ。どうだった？」

「笑わせるわ。今まで一回も事件らしい事件に出くわさなかったって言うんだもの。部員もただのミステリ小説オタクばっかで名探偵《たんてい》みたいな奴もいないし」

「そりゃそうだろう」

「超常《ちょうじょう》現象研究会にはちょっと期待してたんだけど」

「そうかい」

「ただのオカルトマニアの集まりでしかないのよ、どう思う？」

「どうも思わん」

「あー、もう、つまんない！　どうしてこの学校にはもっとマシな部活動がないの？」

「ないもんはしょうがないだろう」

「高校にはもっとラディカルなサークルがあると思ってたのに。まるで甲子園《こうしえん》を目指す気まんまんで入学したのに野球部がなかったと知らされた野球バカみたいな気分だわ」

ハルヒはお百度参りを決意した呪《のろ》い女のようなワニ目で中空を眺《なが》め、北風のようなため息をついた。

気の毒だと思うところなのか、ここは？

だいたいにおいて、ハルヒがどんな部活動なら満足するのか、その定義が不明である。本人にも解っていないんじゃないのか？　漠然《ばくぜん》と「何か面白《おもしろ》いことをしてて欲しい」と思っているだけで、その「面白いこと」が何なのか、殺人事件の解決なのか、宇宙人探しなのか、妖魔《ようま》退散なのか、こいつの中でも定まってない気がする。

「ないもんはしょうがないだろ」

俺は意見してやった。

「結局のところ、人間はそこにあるもので満足しなければならないのさ。言うなれば、それを出来ない人間が、発明やら発見やらをして文明を発達させてきたんだ。空を飛びたいと思ったから飛行機作ったし、楽に移動したいと考えたから車や列車を産み出したんだ。でもそれは一部の人間の才覚や発想によって初めて生じたものなんだ。天才が、それを可能にしたわけだ。凡人《ぼんじん》たる我々は、人生を凡庸《ぼんよう》に過ごすのが一番であってだな。身分不相応な冒険心《ぼうけんしん》なんか出さないほうが、」

「うるさい」

ハルヒは俺が気分良く演説しているところを中断させて、あらぬ方角を向いた。実に機嫌《きげん》が悪そうだ。まあ、それもいつものことだ。

多分、この女は何だっていいんだろう。ツマラナイ現実から遊離《ゆうり》した現象ならば。でもそんな現象はそうそうこの世にはない。つーか、ない。

物理法則万歳！　おかげで俺たちは平穏《へいおん》無事に暮らしていられる。ハルヒには悪いがな。

そう思った。

普通《ふつう》だろ？

いったい何がきっかけだったんだろうな。

前述の会話がネタフリだったのかもしれない。

それは突然《とつぜん》やって来た。

うららかな日差しに眠気《ねむけ》を誘《さそ》われ、船をこぎこぎ首をカクカクさせていた俺の襟首《えりくび》がわしづかみにされたかと思うと恐《おそ》るべき勢いで引っ張られ、脱力《だつりょく》の極《きわ》みにいた俺の後頭部が机の角に猛然《もうぜん》と激突《げきとつ》、俺は目の前に刻《とき》の涙《なみだ》を見た。

「何しやがる！」

もっともな怒《いか》りをもって憤然《ふんぜん》と振《ふ》り返った俺が見たものは、俺の襟をひっつかんで突《つ》っ立っている涼宮ハルヒの——初めて見る——赤道直下の炎天下《えんてんか》じみた笑顔《えがお》だった。もし笑顔に温度が付帯しているなら、熱帯雨林のど真ん中くらいの気温になっているだろう。

「気がついた！」

唾《つば》を飛ばすな。

「どうしてこんな簡単なことに気付かなかったのかしら！」

ハルヒは白鳥座α星くらいの輝《かがや》きを見せる両眼をまっすぐ俺に向けていた。仕方なく俺は尋《たず》ねる。

「何に気付いたんだ？」

「ないんだったら自分で作ればいいのよ！」

「何を」

「部活よ！」

頭が痛いのは机の角にぶつけただけではなさそうだ。

「そうか。そりゃよかったな。ところでそろそろ手を放《はな》してくれ」

「なに？　その反応。もうちょっとあんたも喜びなさいよ、この発見を」

「その発見とやらは後でゆっくり聞いてやる。場合によってはヨロコビを分かち合ってもいい。ただ、今は落ち着け」

「なんのこと？」

「授業中だ」

ようやくハルヒは俺の襟首から手を放した。じんじんする頭を押さえて前に向き直った俺は、全クラスメイトの半口あけた顔と、チョーク片手に今にも泣きそうな大学出たての女教師を視界に捕《と》らえた。

俺は後ろに早く座れと手で合図し、次いで哀《あわ》れな英語教師に掌《てのひら》を上に向けて差し出して見せた。

どうぞ、授業の続きを。

なにか呟《つぶや》きつつ、ともかくハルヒは着席し、女教師は板書《ばんしょ》の続きに戻《もど》り……

新しいクラブを作る？

ふむ。

まさか、俺にも一枚嚙《か》めと言うんじゃないだろうな。

痛む後頭部がよからぬ予感を告げていた。

第二章

結果から言おう。そのまさかだった、と。

その後の休み時間、ハルヒはいつものように一人で教室から出て行くことはなかった。その代わり、俺の手を強引《ごういん》に引いて歩き出した。教室を出て廊下《ろうか》をずんずん進み階段を一段飛ばしで上り屋上へ出るドアの前まで来て停止する。

屋上へのドアは常時施錠《せじよう》されていて、四階より上の階段はほとんど倉庫代わりになっている。多分美術部だろう。でかいカンバスやら壊《こわ》れかけのイーゼルやら鼻の欠けたマルス像やらがところ狭《せま》しと積み上げられていて、実際狭い。しかも薄暗《うすぐら》い。

こんな所に連れ込んで俺をどうしようと言うんだ。

「協力しなさい」

ハルヒは言った。今、ハルヒがつかんでいるのは俺のネクタイだ。頭一つ分低い位置から鋭《するど》い眼光が俺に迫《せま》っている。カツアゲされてるような気分だよ。

「何を協力するって?」

実は解《わか》っていたが、そう訊《き》いてみた。

「あたしの新クラブ作りよ」

「なぜ俺がお前の思いつきに協力しなければならんのか、それをまず教えてくれ」

「あたしは部室と部員を確保するから、あんたは学校に提出する書類を揃《そろ》えなさい」

聞いちゃいねえ。

俺はハルヒの手を振りほどくと、

「何のクラブを作るつもりなんだ？」

「どうでもいいじゃないの、そんなの。とりあえずまず作るのよ」

そんな活動内容不明なクラブを作ったとして学校側が認めてくれるか大いに疑問だがな。

「いい？　今日の放課後までに調べておいて。あたしもそれまでに部室を探しておくから。いいわね」

よくない、などと言えばこの場で撲殺《ぼくさつ》されそうな気配だった。俺が何と返答すべきか考えているうちにハルヒは身を翻《ひるがえ》して軽妙《けいみょう》な足取りでさっさかと階段を下りていき、ホコリっぽい階段の踊《おど》り場で途方《とほう》に暮れる一人の男が残された。

「……俺はイエスともノーとも言ってないんだが……」

石膏《せっこう》像に問いかけるのもむなしく、俺は好奇《こうき》心のかたまりになっているであろうクラスメイトどもに何と挨拶《あいさつ》して教室に入ろうかと考えながら歩き出した。


「同好会」の新設に伴《ともな》う規定。

人数五人以上。顧問《こもん》の教師、名称《めいしょう》、責任者、活動内容を決定し、生徒会クラブ運営委員会で承認されることが必要。活動内容は創造的かつ活力ある学校生活を送るに相応《ふさわ》しいものに限られる。発足《ほっそく》以降の活動・実績によって「研究会」への昇格《しょうかく》が運営委員会において動議される。なお、同好会に留《とど》まる限り予算は配分されない。


わざわざ調べるまでもなかった。生徒手帳の後ろのほうにそう書いてある。

人数は適当に名前だけ借りるとかして揃えることも可能だろう。顧問はなかなか難しいが、何とかだまくらかしてなってもらうという手もある。名称も当たり障《さわ》りのないものにする。責任者は勿論《もちろん》ハルヒでいい。

だが、賭《か》けてもいいがその活動内容が「創造的かつ活力ある学校生活を送るに相応しいもの」になることはないだろう。

そう言ったんだけどな。自分の都合の悪いことには聞く耳持たないのが涼宮ハルヒの涼宮ハルヒたるゆえんである。

終業のチャイムが鳴るや否《いな》や俺のブレザーの袖《そで》を万力のようなパワーで握《にぎ》りしめたハルヒは拉致《らち》同然に俺を教室から引きずり出してたったかと早足で歩き出した。鞄《かばん》を教室に置き去りにしないようにするのが精一杯《せいいっぱい》だった。

「どこ行くんだよ」

俺の当然の疑問に、

「部室っ」

前方をのたりのたり歩いている生徒たちを蹴散《けち》らす勢いで歩を進めつつハルヒは短く答え、後は沈黙《ちんもく》を守り通した。せめて手は放《はな》せ。

渡《わた》り廊下を通り、一階まで降り、いったん外に出て別校舎に入り、また階段を上り、薄暗い廊下の半ばでハルヒは止まり俺も立ち止まった。

目の前にある一枚のドア。

文芸部。

そのように書かれたプレートが斜《なな》めに傾《かし》いで貼《は》り付けられている。

「ここ」

ノックもせずにハルヒはドアを引き、遠慮《えんりょ》も何もなく入って行った。無論俺も。

意外に広い。長テーブルとパイプ椅子《いす》、それにスチール製の本棚《ほんだな》くらいしかないせいだろうか。天井《てんじょう》や壁《かべ》には年代を思わせるヒビ割れが二、三本走っており建物自体の老朽化《ろうきゅうか》を如実《にょじつ》に物語っている。

そしてこの部屋のオマケのように、一人の少女がパイプ椅子に腰掛《こしか》けて分厚いハードカバーを読んでいた。

「これからこの部屋が我々の部室よ！」

両手を広げてハルヒが重々しく宣言した。その顔は神々《こうごう》しいまでの笑《え》みに彩《いろど》られていて、俺はそういう表情を教室でもずっと見せていればいいのにとか思ったが言わずにおいた。

「ちょい待て。どこなんだよ、ここは」

「文化系部の部室棟《とう》よ。美術部や吹奏楽《すいそうがく》部なら美術室や音楽室があるでしょ。そういう特別教室を持たないクラブや同好会の部室が集まってるのがこの部室棟。通称《つうしょう》、旧館。この部屋は文芸部」

「じゃあ、文芸部なんだろ」

「でも今年の春に三年が卒業して部員ゼロ、新たに誰《だれ》かが入部しないと休部が決定していた唯一《ゆいいつ》のクラブなのよ。で、このコが一年生の新入部員」

「てことは休部になってないじゃないか」

「似たようなもんよ。一人しかいないんだから」

呆《あき》れた野郎《やろう》だ。こいつは部室を乗っ取る気だぞ。俺は折りたたみテーブルに本を開いて読書にふける文芸部一年生らしきその女の子に視線を振《ふ》った。

眼鏡《めがね》をかけた髪《かみ》の短い少女である。

これだけハルヒが大騒《おおさわ》ぎしているのに顔を上げようともしない。たまに動くのはページを繰《く》る指先だけで残りの部分は微動《びどう》だにせず、俺たちの存在を完璧《かんぺき》に無視してのけている。これはこれで変な女だった。

俺は声をひそめてハルヒに囁《ささや》いた。

「あの娘《こ》はどうするんだよ」

「別にいいって言ってたわよ」

「本当かそりゃ？」

「昼休みに会ったときに。部室貸してって言ったら、どうぞって。本さえ読めればいいらしいわ。変わってると言えば変わってるわね」

お前が言うな。

俺はあらためてその変わり者の文芸部員を観察した。

白い肌《はだ》に感情の欠落した顔、機械のように動く指。ボブカットをさらに短くしたような髪がそれなりに整った顔を覆《おお》っている。出来れば眼鏡を外したところも見てみたい感じだ。どこか人形めいた雰囲気《ふんいき》が存在感を希薄《きはく》なものにしていた。身も蓋《ふた》もない言い方をすれば、早い話がいわゆる神秘的な無表情系ってやつ。

しげしげと眺《なが》める俺の視線をどう思ったのか、その少女は予備動作なしで面《おもて》を上げて眼鏡のツルを指で押さえた。

レンズの奥から闇《やみ》色の瞳《ひとみ》が俺を見つめる。その目にも、唇《くちびる》にも、まったく何の感情も浮《う》かんでいない。無表情レベル、マックスだ。ハルヒのものとは違《ちが》って、最初から何の感情も持たないようなデフォルトの無表情である。

「長門有希《ながとゆき》」

と彼女は言った。それが名前らしい。聞いた三秒後には忘れてしまいそうな平坦《へいたん》で耳に残らない声だった。

長門有希は瞬《まばた》きを二回するあいだぶんくらい俺を注視すると、それきり興味を失ったようにまた読書に戻《もど》った。

「長門さんとやら」俺は言った。「こいつはこの部屋を何だか解《わか》らん部の部室にしようとしてんだぞ、それでもいいのか？」

「いい」

長門有希はページから視線を離《はな》さずに答える。

「いや、しかし、多分ものすごく迷惑《めいわく》をかけると思うぞ」

「別に」

「そのうち追い出されるかもしれんぞ?」

「どうぞ」

即答《そくとう》してくるのはいいが、まるで無感情な応答だな。心の底からどうでもいいと思っている様子である。

「ま、そういうことだから」

ハルヒが割り込んできた。こっちの声はやたらに弾《はず》んでいる。なんとなく、あまりいい予感がしなかった。

「これから放課後、この部屋に集合ね。絶対来なさいよ。来ないと死刑《しけい》だから」

桜満開の笑みで言われて、俺は不承不承ながらうなずいた。

死刑はいやだったからな。


こうして部室を間借りすることになったのはいいが、書類のほうはまだ手つかずである。だいたい名称《めいしょう》も活動内容も決まっていないのだ。先にそれを決めてからにしろと言ったんだが、ハルヒにはまた別の考えがあるようだ。

「そんなもんはね、後からついてくるのよ!」

ハルヒは高らかにのたまった。

「まずは部員よね。最低あと二人はいるわね」

ってことはなんだ、あの文芸部員も頭数に入れてしまっているのか？　長門有希を部室に付属する備品か何かと勘違《かん》いしてるんじゃないか？

「安心して。すぐ集めるから。適切な人間の心当たりはあるの」

何をどう安心すればいいのだろう。疑問は深まるばかりである。


次の日、一緒《いっしょ》に帰ろうぜと言う谷口と国木田に断りを入れて俺は、しょうがない、部室へと足を運んだ。

ハルヒは「先に行ってて！」と叫《さけ》ぶや陸上部が是非《ぜひ》我が部にと勧誘《かんゆう》したのも解るスタートダッシュで教室を飛び出した。足首にブースターでも付いているのかと思いたくなる勢いだ。おそらく新しい部員を確保しに行ったのだろう。とうとう宇宙人の知り合いでも出来たんだろうか。

通学鞄《かばん》を肩《かた》に引っかけて俺は気乗りのしない足取りで文芸部に向かった。

部室にはすでに長門有希がいて、昨日とまったく同じ姿勢で読書をしておりデジャブを感じさせた。俺が入ってもピクリともしないのも昨日と同じ。よく知らないのだが、文芸部ってのは本を読むクラブなのか？

沈黙《ちんもく》。

「……何を読んでんだ？」

二人して黙《だま》りこくっているのに耐《た》えかねて俺はそう訊《き》いてみた。長門有希は返事の代わりにハードカバーをひょいと持ち上げて背表紙を俺に見せる。睡眠薬《すいみんやく》みたいな名前のカタカナがゴシック体で躍《おど》っていた。ＳＦか何かの小説らしい。

「面白《おもしろ》い？」

長門有希は無気力な仕草で眼鏡《めがね》のブリッジに指をやって、無気力な声を発した。

「ユニーク」

どうも訊かれたからとりあえず答えているみたいな感じである。

「どういうとこが？」

「ぜんぶ」

「本が好きなんだな」

「わりと」

「そうか……」

「……」

沈黙。

帰っていいかな、俺。

テーブルに鞄を置いて余っていたパイプ椅子《いす》に腰《こし》を下ろそうとしたとき、蹴飛《けと》ばされたようにドアが開いた。

「やあごめんごめん！　遅《おく》れちゃった！　捕《つか》まえるのに手間取っちゃって！」

片手を頭の上でかざしてハルヒが登場した。後ろに回されたもう一方の手が別の人間の腕《うで》をつかんでいて、どう見ても無理矢理連れてこられたと思《おぼ》しきその人物共々、ハルヒはズカズカ部屋に入ってなぜかドアに錠《じょう》を施《ほどこ》した。ガチャリ、というその音に、不安げに震《ふる》えた小柄《こがら》な身体《からだ》の持ち主は、またしても少女だった。

しかもまたすんげー美少女だった。

これのどこが「適切な人間」なんだろうか。

「なんなんですかー？」

その美少女も言った。気の毒なことに半泣き状態だ。

「ここどこですか、何であたし連れてこられたんですか、何で、かか鍵《かぎ》を閉めるんですか？　いったい何を、」

「黙りなさい」

ハルヒの押し殺した声に少女はビクッとして固まった。

「紹介《しょうかい》するわ。朝比奈《あさひな》みくるちゃんよ」

それだけ言ったきり、ハルヒは黙り込んだ。もう紹介終わりかよ。

名状しがたき気詰《きづ》まりな沈黙が部屋を支配した。ハルヒはすでに自分の役割を果たしたみたいな顔で立ってるし、長門有希は何一つ反応することなく読書を続けてるし、朝比奈みくるとかいうらしい謎《なぞ》の美少女は今にも泣きそうな顔でおどおどしてるし、誰《だれ》か何か言えよと思いながら俺はやむを得ず口を開いた。

「どこから拉致《らち》して来たんだ？」

「拉致じゃなくて任意同行よ」

似たようなもんだ。

「二年の教室でぼんやりしているところを捕まえたの。あたし、休み時間には校舎をすみずみまで歩くようにしてるから、何回か見かけてて覚えていたわけ」

休み時間に絶対教室にいないと思ったらそんなことをしていたのか。いや、そんなことより、

「じゃ、この人は上級生じゃないか！」

「それがどうかしたの？」

不思議そうな顔をしやがる。本当に何とも思っていないらしい。

「まあいい……。それはそれとして、ええと、朝比奈さんか。なんでまたこの人なんだ？」

「まあ見てごらんなさいよ」

ハルヒは指を朝比奈みくるさんの鼻先に突《つ》きつけ彼女の小さい肩をすくませて、

「めちゃめちゃ可愛《かわい》いでしょう」

アブナイ誘拐《ゆうかい》犯のようなことを言い出した。と思ったら、

「あたしね、萌《も》えってけっこう重要なことだと思うのよね」

「……すまん、何だって？」

「萌えよ萌え、いわゆる一つの萌え要素。基本的にね、何かおかしな事件が起こるような物語にはこういう萌えでロリっぽいキャラが一人はいるものなのよ！」

思わず俺は朝比奈みくるさんを見た。小柄である。ついでに童顔である。なるほど、下手をすれば小学生と間違《まち》ってしまいそうでもあった。微妙《びみょう》にウェーブした栗色《くりいろ》の髪《かみ》が柔《やわ》らかく襟元《えりもと》を隠《かく》し、子犬のようにこちらを見上げる潤《うる》んだ瞳《ひとみ》が守ってください光線を発しつつ半開きの唇《くちびる》から覗《のぞ》く白磁の歯が小ぶりの顔に絶妙《ぜつみょう》なハーモニーを醸《かも》し出し、光る玉の付いたステッキでも持たせたらたちどころに魔女《まじょ》っ娘《こ》にでも変身しそうな、って俺は何を言ってるんだろうね？

「それだけじゃないのよ！」

ハルヒは自慢《じまん》げに微笑《ほほえ》みながら朝比奈みくるさんなる上級生の背後に回り、後ろからいきなり抱《だ》きついた。

「わひゃああ！」

叫《さけ》ぶ朝比奈さん。お構いなしにハルヒはセーラー服の上から獲物《えもの》の胸をわしづかみ。

「どひぇええ！」

「ちっこいくせに、ほら、あたしより胸でかいのよ。ロリ顔で巨乳《きょにゅう》、これも萌えの重要要素の一つなのよ！」

知らん。

「あー、本当におっきいなー」

終《しま》いにハルヒはセーラー服の下から手を突っ込んでじかに揉《も》み始めた。おーい。

「なんか腹立ってきたわ。こんな可愛らしい顔して、あたしより大きいなんて！」

「たたたす助けてぇ！」

顔を真っ赤にして手足をバタつかせる朝比奈さんだが、いかんせん体格の差はいかんともしがたく、調子に乗ったハルヒが彼女のスカートを捲《まく》り上げかけたあたりで俺は朝比奈さんの背中にへばりついている痴漢《ちかん》女を引きはがした。

「アホかお前は」

「でも、めちゃデカイのよ。マジよ。あんたも触《さわ》ってみる？」

朝比奈さんは小さく、ひいっ、と悲鳴を漏《も》らした。

「遠慮《えんりょ》しとく」

そう言うしかあるまい。

驚《おどろ》くべきことに、この間、長門有希は一度も顔を上げることなく読書にふけり続けていた。こいつもどうかしている。

それからふと気が付いて、

「すると何か、お前はこの……朝比奈さんが可愛くて小柄《こがら》で胸が大きかったからという理由だけでここに連れてきたのか？」

「そうよ」

真性のアホだ、こいつ。

「こういうマスコット的キャラも必要だと思って」

思うな、そんなこと。

朝比奈さんは乱れた制服をパタパタ叩《たた》いて直し、上目遣《うわめづか》いに俺をじっと見た。そんな目で見られても困る。

「みくるちゃん、あなた他《ほか》に何かクラブ活動してる？」

「あの……書道部に……」

「じゃあ、そこ辞《や》めて。我が部の活動の邪魔《じゃま》だから」

どこまでも自分本位なハルヒだった。

朝比奈さんは、飲む毒の種類は青酸カリがいいかストリキニーネがいいかと訊《き》かれた殺人事件の被害者《ひがいしゃ》のような顔でうつむき、救いを求めるようにもう一度俺を見上げ、次に長門有希の存在に初めて気付いて驚愕《きょうがく》に目を見開き、しばらく視線を彷徨《さまよ》わせてからトンボのため息のような声で「そっかー……」と呟《つぶや》いて、

「解《わか》りました」と言った。

何が解ったんだろう。

「書道部は辞めてこっちに入部します……」

可哀想《かわいそう》なくらいに悲愴《ひそう》な声である。

「でも文芸部って何するところなのかよく知らなくて」

「我が部は文芸部じゃないわよ」

当たり前のように言うハルヒ。

目を丸くする朝比奈さんに、俺はハルヒに代わって言ってあげた。

「ここの部室は一時的に借りてるだけです。あなたが入らされようとしてるのは、この涼宮がこれから作る活動内容未定で名称《めいしょう》不明の同好会ですよ」

「……えっ……」

「ちなみにあっちで座って本読んでるのが本当の文芸部員です」

「はあ……」

愛くるしい唇をポカンと開ける朝比奈さんはそれきり言葉を失った。無理もあるまい。

「だいじょうぶ！」

無責任なまでの明るい笑顔《えがお》でハルヒは朝比奈さんの小さい肩《かた》をどやしつけた。

「名前なら、たった今、考えたから」

「……言ってみろ」

期待値ゼロの俺の声が部室に響《ひび》く。出来ればあまり聞きたくない。そんな俺の思いなど頓着《とんちゃく》するはずもない涼宮ハルヒは声高らかに命名の雄叫《おたけ》びを上げたのだった。

お知らせしよう。何の紆余曲折《うよきょくせつ》もなく単なるハルヒの思いつきにより、新しく発足《ほっそく》するクラブの名は今ここに決定した。

SOS団。

世界を大いに盛り上げるための涼宮ハルヒの団。

略してSOS団である。

そこ、笑っていいぞ。

俺は笑う前に呆《あき》れたけどな。

なぜに団かと言うと、本来なら「世界を大いに盛り上げるための涼宮ハルヒの同好会」とすべきなんだろうが、なにしろまだ同好会の体《てい》すらなしていない上に、何をする集団なのかも解らないのである。「それだったら、団でいいじゃない」という意味不明なハルヒのヒトコトによりめでたくそのように決まった。

朝比奈さんはあきらめきったように口を閉《と》ざし、長門有希は部外者であり、俺は何を言う気にもなれなかったため、賛成一、棄権《きけん》三で「ＳＯＳ団」はめでたく発足の運びとなった。

好きにしろよ、もう。

毎日放課後ここに集合ね、とハルヒが全員に言い渡《わた》して、この日は解散となった。肩を落としてトボトボ廊下《ろうか》を歩いている朝比奈さんの後ろ姿があまりに哀《あわ》れを催《もよお》したので、

「朝比奈さん」

「何ですか」

年上にまったく見えない朝比奈さんは純真そのものの無垢《むく》な顔を傾《かたむ》けた。

「別に入んなくていいですよ、あんな変な団に。あいつのことなら気にしないで下さ

い。俺が後から言っときますから」

「いえ」

立ち止まって、彼女はわずかに目を細めた。笑みの形の唇《くちびる》から綿毛のような声が、

「いいんです。入ります、あたし」

「でも多分、ろくなことになりませんよ」

「大丈夫です。あなたもいるんでしょう？」

そういや俺は何でいるんだろうな。

「おそらく、これがこの時間平面上の必然なのでしょうね……」

つぶらと表現するしかない彼女の目が遠くのほうを見た。

「へ？」

「それに長門さんがいるのも気になるし……」

「気になる？」

「え、や、何でもないです」

朝比奈さんは慌《あわ》てた感じで首をぶんぶん振《ふ》った。ふわふわの髪《かみ》の毛がふわふわと揺《ゆ》れる。

そして朝比奈さんは照れ笑いをしながら深々と腰《こし》を折った。

「ふつつか者ですが、よろしくお願いします」

「まあ、そう言われるんでしたら……」

「それからあたしのことでしたら、どうぞ、みくるちゃんとお呼び下さい」

にっこりと微笑《ほほえ》む。

うーん、眩暈《めまい》を覚えるほど可愛《かわい》い。


ある日のハルヒと俺の会話。

「あと必要なのは何だと思う？」

「さあな」

「やっぱり謎《なぞ》の転校生は押さえておきたいと思うわよね」

「謎の定義を教えて欲しいもんだ」

「新年度が始まって二ヶ月も経《た》ってないのに、そんな時期に転校してくる奴《やつ》は充分《じゅうぶん》謎の資格があると思うでしょ、あんたも」

「親父《おやじ》が急な転勤になったとかじゃねえのか」

「いいえ、不自然だわ。そんなの」

「お前にとって自然とはなんなのか、俺はそれが知りたい」

「来ないもんかしらね、謎の転校生」

「ようするに俺の意見なんかどうでもいいんだな、お前は」

どうもハルヒと俺が何かを企《くわだ》てているという噂《うわさ》が流れているらしい。

「お前さあ、涼宮と何やってんの？」

こんなこと訊《き》いてくるのは谷口に決まっている。

「まさか付き合いだしたんじゃねえよな？」

断じて違《ちが》う。俺が一体全体何をやっているのか、それはこの俺自身が一番知りたい。

「ほどほどにしとけよ。中学じゃないんだ。グラウンドを使い物に出来なくなるようなことしたら悪けりゃ停学くらいにはなるぜ」

ハルヒが一人でやるんであれば俺はそこまで面倒《めんどう》見きれないがな。少なくとも、長門有希や朝比奈みくるさんに害が及《およ》ばないように注意はしておこう。こんな配慮《はいりょ》の出来る自分がちょっと誇《ほこ》らしい。

暴走特急と化したハルヒを止める自信はあまりないけども。

「コンピュータも欲しいところね」

SOS団の設立を宣言して以来、長テーブルとパイプ椅子《いす》それに本棚《ほんだな》くらいしかなかった文芸部の部室にはやたらと物が増え始めた。

どこから持ってきたのか、移動式のハンガーラックが部屋の片隅《かたすみ》に設置され、給湯ポットと急須《きゅうす》、人数分の湯飲みも常備、今どきMDも付いていないCDラジカセに一層しかない冷蔵庫、カセットコンロ、土鍋《どなべ》、ヤカン、数々の食器は何だろうか、ここで暮らすつもりなのだろうか。

今、ハルヒはどっかの教室からガメてきた勉強机の上であぐらをかいて腕《うで》を組んでいた。その机にはあろうことか「団長」とマジックで書かれた三角錐《さんかくすい》まで立っている。

「この情報化時代にパソコンの一つもないなんて、許し難《がた》いことだわ」

誰《だれ》を許さないつもりなのか。

一応メンバーは揃《そろ》っていた。相も変わらず長門有希は定位置で土星のマイナー衛星が落ちたとかどうしたとかいうタイトルのハードカバーを読みふけり、来なくてもいいのに生真面目《きまじめ》にもちゃんとやって来た朝比奈みくるさんは所在なげにパイプ椅子に腰掛《か》けている。

ハルヒは机から飛び降りると、俺に向かって実にいやぁな感じのする笑いを投げかけた。

「と言うわけで、調達に行くわよ」

狩猟区《しゅりょうく》へ鹿撃《しかう》ちに行くハンターの目でハルヒは言った。

「調達って、パソコンを？　どこでだよ。電気屋でも襲《おそ》うつもりか」

「まさか。もっと手近なところよ」

ついてきなさい、と命令された俺と朝比奈さんを引き連れてハルヒが向かった先は、二軒隣《けんとな》りのコンピュータ研究部だった。

なるほど。

「これ持ってて」

そう言って俺にインスタントカメラを渡《わた》す。

「いいこと？　作戦を言うから、その通りにしてよ。タイミングを逃《のが》さないように」

俺に身を屈《かが》めさせてハルヒは耳元でその「作戦」とやらをごにょごにょと呟《つぶや》いた。

「ああん？　そんな無茶苦茶な」

「いいのよ」

お前はいいかもしれんが。俺は不思議そうにこっちを見ている朝比奈さんを一瞥《いちべつ》し、アイコンタクトを図《はか》った。

とっとと帰ったほうがいいですよ。

目をパチパチさせている俺を朝比奈さんは怪訝《けげん》な顔で見上げ、いかなる理屈《りくつ》か、頬《ほお》を赤らめた。だめだ、通じてない。

そんなことをしているうちにハルヒは平気な顔でコンピュータ研究部のドアをノックもなしに開いた。

「こんちわー！　パソコン一式、いただきに来ましたー！」

間取りは同じだが、こちらの部室はなかなかに手狭《てぜま》だった。等間隔《とうかんかく》で並んだテーブルには何台ものディスプレイとタワー型の本体が載《の》っていて、冷却《れいきゃく》ファンの回る低い音が室内の空気を振動《しんどう》させている。

席についてキーボードをカチャカチャと叩《たた》いていた四人の男子生徒、何事かと身を乗り出して入り口に立ちふさがるハルヒを凝視《ぎょうし》していた。

「部長は誰？」

笑いつつも横柄《おうへい》にハルヒが言い、一人が立ち上がって答えた。

「僕だけど、何の用？」

「用ならさっき言ったでしょ。一台でいいから、パソコンちょうだい」

コンピュータ研究部部長、名も知れぬ上級生は「何言ってんだ、こいつ」という表情で首を振《ふ》った。

「ダメダメ。ここのパソコンはね、予算だけじゃ足りないから部員の私費を積み立ててようやく買ったものばかりなんだ。くれと言われてあげるほどウチは機材に恵《めぐ》まれてない」

「いいじゃないの一台くらい。こんなにあるんだし」

「あのねえ……ところでキミたち誰？」

「SOS団団長、涼宮ハルヒ。この二人はあたしの部下その一と二」

言うにことかいて部下はないだろう。

「SOS団の名において命じます。四の五の言わずに一台よこせ」

「キミたちが何者かは解《わか》らないけど、ダメなもんはダメ。自分たちで買えばいいだろ」

「そこまで言うのならこっちにも考えがあるわよ」

ハルヒの瞳《ひとみ》が不敵な光を放つ。よくない兆候である。

ぼんやり立っていた朝比奈さんの背を押してハルヒは部長へと歩み寄り、いきなりそいつの手首を握《にぎ》りしめたかと思うと、電光石火の早業で部長の掌《てのひら》を朝比奈さんの胸に押しつけた。

「ふぎゃあ！」

「うわっ！」

パシャリ。

二種類の悲鳴をBGMに聞きながら俺はインスタントカメラのシャッターを切った。

逃《に》げようとする朝比奈さんを押さえつけ、ハルヒは右手につかんだ部長氏の手でぐりぐりと小柄《こがら》な彼女の胸をまさぐった。

「キョン、もう一枚撮《と》って」

不本意ながら俺はシャッターボタンを押すのだった。すまない、朝比奈さん。と、名も知らぬ部長。朝比奈さんのスカートの中に突《つ》っ込まれる寸前に部長はやっと手を振りほどいて跳《と》びすさった。

「何をするんだぁ！」

紅潮したその顔面の前で、ハルヒは優雅《ゆうが》に指を振った。

「ちちち。あんたのセクハラ現場はバッチリ撮らせてもらったわ。この写真を学校中にばらまかれたくなかったら、とっととパソコンをよこしなさい」

「そんなバカな！」

口角泡《こうかくあわ》を飛ばして抗議《こうぎ》する部長。その気持ちはよく解る。

「キミが無理矢理やらせたんじゃないか！　僕は無実だ！」

「いったい何人があんたの言葉に耳を貸すかしらねえ」

見ると朝比奈さんは床《ゆか》にへたり込んでいた。驚《おどろ》きを通り越《こ》してもはや虚脱《きょだつ》の境地である。

なおも部長は抗弁する。

「ここにいる部員たちが証人になってくれる！　それは僕の意思じゃない！」

唖然《あぜん》と大口を開けて石化していた三人のコンピュータ研部員たちが、我に返ったようにうなずいた。

「そうだぁ」

「部長は悪くないぞぉ」

しかしそんな気の抜《ぬ》けたシュプレヒコールが通用するハルヒではなかった。

「部員全員がグルになってこのコを輪姦《りんかん》したんだって言いふらしてやるっ！」

俺と朝比奈さんを含《ふく》む全員の顔が青ざめた。いくらなんでもそれはないだろう。

「すす涼宮さんっ……！」

足にすがりつく朝比奈さんの手を軽く蹴飛《けと》ばして、ハルヒは傲然《ごうぜん》と胸を反《そ》らした。

「どうなの、よこすの、よこさないの！」

赤から青へ目まぐるしく変色していた部長の顔はとうとう土気色になった。

ついに彼は陥落《かんらく》した。

「好きなものを持って行ってくれ……」

倒《たお》れ込むように椅子《いす》に背を投げ出した部長に他の部員たちが駆《か》け寄った。

「部長！」

「しっかりしてください！」

「気を確かに！」

糸の切れたマリオネットの動きで部長は首をうなだれた。ハルヒの片棒をかついでいる俺ではあるのだが、同情を禁じ得ない。

「最新機種はどれ？」

どこまでも冷徹《れいてつ》な女である。

「なんでそんなことを教えなくちゃいけないんだよ」

怒《おこ》る部員の言葉もなんのその、ハルヒは無言で俺が持つカメラを指さした。

「くそ！　それだよ！」

そいつが指したタワー型のメーカー名と型番を覗《のぞ》き込みつつハルヒはスカートのポケットから紙切れを取り出した。

「昨日、パソコンショップに寄って店員にここ最近出た機種を一覧にしてもらったのよねえ。これは載《の》ってないみたいだけど？」

あまりの周到《しゅうとう》さに慄然《りつぜん》とするね。

ハルヒはテーブルをぬって確認して回り、その中の一台を指名した。

「これちょうだい」

「待ってくれ！　それは先月購入《こうにゅう》したばかりの……！」

「カメラカメラ」

「……持ってけ！　泥棒《どろぼう》！」

まさしく泥棒だ。返す言葉もない。

ハルヒの要求はとどまるところを知らない。各ケーブルを引っこ抜かせたハルヒはディスプレイから何からいっさいがっさいを文芸部室に運ばせたあげく配線し直すように求め、さらにインターネットを使用出来るようにＬＡＮケーブルを二つの部屋の間に引かせ、ついで学校のドメインからネットに接続出来るようにすることを申しつけ、そのすべてをコンピュータ研部員にやらせた。盗人猛々《ぬすっとたけだけ》しいとはこのことだろう。

「朝比奈さん」

すっかり手持ちぶさたになってしまった俺は両手で顔を覆《おお》ってうずくまる小さな身体《からだ》に、

「とりあえず帰りましょう」

「ぅぅぅぅ……」

しくしく泣いている朝比奈さんを介添《かいぞ》えして立たせた。自分の胸を握《にぎ》らせたらよかったのにな、ハルヒも。男の目の前でも平気で着替《きが》えをするあいつなら、んなこと屁《へ》とも思わないだろうに。泣きやまない朝比奈さんを宥《なだ》めながら、パソコンを使って何をするつもりなのかと俺は考えた。

まあ、ほどなく明らかになったのだが。

SOS団のウェブサイト立ち上げ。

ハルヒはそれがしたかったようだ。で、誰《だれ》が作るんだ？　そのウェブサイトとやらを。

「あんた」

と、ハルヒは言った。

「どうせヒマでしょ。やりなさいよ。あたしは残りの部員を探さなきゃいけないし」

パソコンは「団長」と銘《めい》打たれた三角錐《さんかくすい》付きの机に置かれていた。ハルヒはマウスを操ってネットサーフィンしながら、

「一両日中によろしくね。まずサイトが出来ないことには活動しようがないし」

我関せずとばかりに本を読む長門有希の横で朝比奈さんはテーブルに突《つ》っ伏《ぷ》して肩《かた》を震《ふる》わせていた。ハルヒの言葉を聞いているのは、どうやら俺だけであり、ハルヒの託宣《たくせん》を聞いた以上は俺がそれをしないといけないようなのである。少なくともハルヒがそう思っているのは間違《まちが》いない。

「そんなこと言われてもなあ」

言いながらも俺はけっこう乗り気だった。いやいや、ハルヒの命令口調に慣れてきたからじゃないぜ。サイト作りさ。やったことないけど、なんか面白《おもしろ》そうじゃないか。

つまりそういうわけで、次の日から俺のサイト作成奮戦記が始まった。

とは言え、奮戦することもそうそうなかった。さすがコンピュータ研究部、あらかたのアプリケーションはすでにハードディスク内に収まっており、サイトの作成もテンプレートに従ってちょこっと切ったり貼《は》ったりすればよかったからだ。

問題はそこに何を書くかである。

なんせ俺はSOS団が何を活動理念とした団体なのか未《いま》だに知らないのだ。知らない活動理念について書けるはずもなく、トップページに「SOS団のサイトにようこそ！」と書いた画像データを貼り付けた段階で俺の指はハタと止まった。いいから作れ早く作れとハルヒが呪文《じゅもん》のように耳元で言い続けるのがやかましいので、こうして昼休みに弁当食いながらマウスを握りしめている俺だった。

「長門、何か書きたいことあるか？」

昼休みにまで部室に来て本を読んでいる長門有希に訊《き》いてみた。

「何も」

顔も上げやしない。どうでもいいがこいつはちゃんと授業に出てるんだろうな。

長門有希の眼鏡《めがね》顔から十七インチモニタに目を戻《もど》し、俺は再び考え込んだ。

もう一つ問題がある。正式に認可を受けていない同好会以下の怪《あや》しげな団のサイトを、学校のアドレスで作ってしまっていいものなのだろうか。

バレなきゃいいのよ、とはハルヒの弁。バレたらバレたで放《ほ》っときゃいいのよ、こんなもんはね、やったもん勝ちなのよ！

この楽観的で、ある意味前向きな性格はちょっとだけだがうらやましい。

適当に拾ってきたフリーCGIのアクセスカウンタを取り付け、メールアドレスを記載《きさい》して、――掲示板《けいじばん》は時期尚早《じきしょうそう》だろう――タイトルページのみでコンテンツ皆無《かいむ》という手抜《てぬ》き以前のホームページをアップロードした。

こんなんでいいだろ。

ネット上でちゃんと表示されていることを確認して俺はアプリを次々消してパソコンを終了《しゅうりょう》させ、大きく伸《の》びをしようとして、長門有希が背後にいることに気付いて飛び上がった。

気配ってもんがないのか。いつの間にか俺の後ろを取っていた長門の能面のような白い顔。わざとやっても出来そうにない見事な無表情で長門は俺を視力検査表でも見るような目で見つめていた。

「これ」

分厚い本を差し出した。反射的に受け取る。ずしりと重い。表紙は何日か前に長門が読んでいた海外ＳＦのものだった。

「貸すから」

長門は短く言い残すと俺に反駁《はんばく》するヒマを与《あた》えることなく部屋を出て行った。こんな厚い本を貸されても。一人取り残されていた俺の耳に、昼休みがもうすぐ終わることを告げる予鈴《よれい》が届いた。どうも俺の周りには俺の意見を聞こうとする奴《やつ》が少ないみたいだな。

ハードカバー本を手みやげに教室へ戻った俺の背中をシャーペンの先がつついた。

「どう、サイト出来た？」

ハルヒが難しい顔をして机にかじりついていた。破ったノートに何やらせっせとペン先を走らせている。俺は出来るだけクラスの注目を浴びないようなさりげなさを装《よそお》って、

「出来たには出来たが、見に来た奴が怒《おこ》りそうな何もないサイトだぞ」

「今はまだそれでもいいのよ。メールアドレスさえあればオッケー」

じゃあ携帯《けいたい》メールでも充分《じゅうぶん》じゃないか。

「それはダメ。メールが殺到《さっとう》すると困る」

何をどうすれば登録したばかりのアドレスにメールが殺到するんだ？

「内緒《ないしょ》」

そしてまたいやぁな感じの笑い。不気味だ。

「放課後になったら解《わか》るわよ。それまで極秘《ごくひ》」

永遠に極秘にしておいて欲しい。

次の六時間目、ハルヒの姿は教室になかった。おとなしく帰っていてくれればいいのだが、まずあり得まい。悪事の前段階。


その放課後である。自分のやってることに疑念を覚えつつ、つい部室へと足を向けてしまうのは何故《なぜ》だろうと形而上学《けいじじょう》的な考察を働かせながら俺は文芸部室へとやって来た。

「ちわー」

やっぱりいる長門有希と、両手を揃《そろ》えて椅子《いす》に座っている朝比奈みくるさん。

人のことは言えないが、よっぽどヒマなのか、この二人は。

俺が入っていくと朝比奈さんはあからさまにホッとした表情になって会釈《えしゃく》した。長門と二人で密室にいたら、そりゃ疲《つか》れるわな。

つーか、あなた、あんな目にあいながらよく今日も来ましたね。

「涼宮さんは?」

「さあ、六限にはすでにいませんでしたけどね。またどこかで機材を強奪《ごうだつ》してるんじ

「やないですか」

「あたし、また昨日みたいなことしないといけないんでしょうか……」

額に縦線を浮《う》かべてうつむく朝比奈さんに、俺は精一杯《せいいっぱい》の愛想《あいそ》の良さで、

「大丈夫《だいじょうぶ》です。今度あいつが無理矢理朝比奈さんにあんなことしようとしたら、俺が全力で阻止《そし》します。自分の身体《からだ》でやりゃいいんですよ。涼宮なら楽勝です」

「ありがとう」

ペコリと頭を下げるはにかんだ微笑《ほほえ》みのあまりの可愛《かわい》さに思わず朝比奈さんを抱《だ》きしめたくなった。しないけどね。

「お願いします」

「お願いされましょう」

太鼓判《たいこばん》を押したのはいいが、俺のそんな約束が机上《きじょう》の空論、砂上の楼閣《ろうかく》、太陽内部の水素原子のように崩壊《ほうかい》するまでに五分とかからなかった。ダメ人間だ、俺。

「やっほー」

とか言いながらハルヒ登場。両手に提《さ》げているでかい紙袋《かみぶくろ》が俺の目を引いた。

「ちょっと手間取っちゃって、ごめんごめん」

上機嫌《じょうきげん》時のハルヒは必ず他人の迷惑《めいわく》になりそうなことを考えていると見て間違《まちが》いない。

ハルヒは紙袋を床《ゆか》に置くと後ろ手でドアの鍵《かぎ》をかけた。その音に反射的にビクンと

なる朝比奈さん。

「今度は何をする気なんだ、涼宮。言っとくが押し込み強盗《ごうとう》のマネだけは勘弁《かんべん》な。あと脅迫《きょうはく》も」

「何言ってんの？　そんなことするわけないじゃないの」

では机に載《の》っているパソコンは何だ。

「平和裏《へいわり》に寄付してくれたものよ。そんなことより、ほら、これご覧なさい」

紙袋の一つからハルヒが取り出したのは、何やら手書き文字が印刷されたA4の藁《わら》半紙《ばんし》である。

「わがSOS団の名を知らしめようと思って作ったチラシ。印刷室に忍《しの》び込んで二百枚ほど刷ってきたわ」

ハルヒは俺たちにチラシを配った。授業をサボってそんなことをしてたのか。よく見つからなかったもんだ。別段見たくもなかったが俺はとりあえず受け取ったそれに目を通す。

『SOS団結団に伴《ともな》う所信表明。

わがSOS団はこの世の不思議を広く募集《ぼしゅう》しています。過去に不思議な経験をしたことのある人、今現在とても不思議な現象や謎《なぞ》に直面している人、遠からず不思議な体験をする予定の人、そうゆう人がいたら我々に相談するとよいです。たちどころに解決に導きます。確実です。ただし普通《ふつう》の不思議さではダメです。我々が驚《おどろ》くまでに不思議なコトじゃないといけません。注意して下さい。メールアドレスは……』

この団の存在意義がだんだん解《わか》ってきた。どうあってもハルヒはSFだかファンタジーだかホラーだかの物語世界に浸《ひた》ってみたいらしい。

「では配りに行きましょう」

「どこでだよ」

「校門。今ならまだ下校していない生徒もいっぱいいるし」

はいはいそうですか、と紙袋を持とうとした俺を、しかしハルヒは制した。

「あんたは来なくていいわよ。来るのはみくるちゃん」

「はい？」

両手で藁半紙を握《にぎ》りしめて駄文《だぶん》を読んでいた朝比奈さんが小首を傾《かし》げる。ハルヒはもう一つの紙袋をごそごそかき回し、そして勢いよくブツを取り出した。

「じゃあああん！」

猫《ねこ》型ロボットのように得意満面にハルヒが手にしているのは最初黒い布切れに見えた。が、オーノー！　ハルヒが四次元ポケットよろしく次々出してきたアイテムが揃うにつれ、俺はなぜハルヒが朝比奈さんを指名したのか悟《さと》り、そして朝比奈さんのために祈《いの》った。あなたの魂《たましい》に安らぎあれ。

黒いワンウェイストレッチ、網《あみ》タイツ、付け耳、蝶《ちょう》ネクタイに、白いカラー、カフス及《およ》びシッポ。

それはどこからどう見てもバニーガールの衣装なのだった。

「あのあのあの、それはいったい……」

怯《おび》える朝比奈さん。

「知ってるでしょ？　バニーガール」

こともなげに言うハルヒ。

「ままままさかあたしがそれ着るんじゃ……」

「もちろん、みくるちゃんのぶんもあるわよ」

「そ、そんなの着れませんっ！」

「だいじょぶ。サイズは合ってるはずだから」

「そうじゃなくて、あの、ひょっとしてそれ着て校門でビラ配りを、」

「決まってるじゃない」

「い、いやですっ！」

「うるさい」

いかん、目が据《す》わっている。群れからはぐれたガゼルに襲《おそ》いかかるライオンのメスのような俊敏《しゅんびん》な動きで朝比奈さんに飛びついたハルヒは、ジタバタする彼女のセーラー服を手際よく脱《ぬ》がせ始めた。

「いやあああぁぁぁ！」

「おとなしくしなさい！」

無茶なことを言いながらハルヒは朝比奈さんを取り押さえ、あっさりセーラーを脱がせてしまうとスカートのホックに指をかけ、これは止めたほうがいいだろうと足を上げかけた俺は朝比奈さんと目があってしまい、

「見ないでぇ！」

泣き声で叫《さけ》ばれて大急ぎで回れ右、ドアに走って——くそ、鍵《かぎ》がかかってやがる——無駄《むだ》にガチャガチャとノブを回してからやっと鍵を開けて転がるように廊下《ろうか》へ脱出《だっしゅつ》した。

その時横目で見たのだが、長門有希はまるで何事もないかのように本読みをしていた。

何か言うことはないのか。

閉めたドアにもたれかかった俺に、

「あぁっ！」「だめぇ！」「せめて……じ、自分で外すから……ひぇっ！」

などと、あられもない朝比奈さんの悲痛そのものの悲鳴と、

「うりゃっ！」「ほら脱いだ脱いだ！」「最初から素直《すなお》にしときゃよかったのさ！」

というハルヒの勝ち誇《ほこ》った雄叫《おたけ》びが交互《こうご》に聞こえてきた。むむむ。気にならんと言えば嘘《うそ》になるなあ、さすがに。

それからしばらくして合図があり、

「入っていいわよー」

少々ためらいがちに部室に戻《もど》った俺の目が映し出したもの、それはどうしようもないまでに完璧《かんぺき》な二人のバニーガールだった。ハルヒも朝比奈さんも呆《あき》れるほど似合っていた。

大きく開いた胸元《むなもと》と背中、ハイレグカットから伸《の》びる網タイツに包まれた脚《あし》、ひょこひょこ揺《ゆ》れる頭のウサミミと白いカラーとカフスがポイントを高めている。何のポイントかは俺にだって解りはしない。

スレンダーなくせして出ているところが出ているハルヒとチビっこいのに出るべきところが出ている朝比奈さんの組み合わせは、はっきり言って目に毒だ。

うっうっうっと、しゃくりあげている朝比奈さんに「似合ってますよ」と声をかけるべきか悩《なや》んでいるとハルヒが、

「どう？」

どうと言われても、俺はお前の頭を疑うくらいしか出来ねえよ。

「これで注目度もバッチリだわ！　この格好なら大抵《たいてい》の人間はビラを受け取るわ。そうよね！」

「そりゃそんなコスプレした奴《やつ》が学校で二人もうろついていたら嫌《いや》でも目立つからな……。長門はいいのか？」

「二着しか買えなかったのよ。フルセットだから高かったんだから」

「そんなもんどこで売ってるんだ？」

「ネット通販《つうはん》」

「……なるほど」

目線がいつもより高いと思ったら、ご丁寧《ていねい》に黒いハイヒールまであつらえてやがる。

ハルヒはチラシの詰《つ》まった紙袋《かみぶくろ》をつかむと、

「行くわよ、みくるちゃん」

身体《からだ》の前で腕《うで》を組み合わせている朝比奈さんは、助けを求めるように俺を見た。俺は朝比奈さんのバニースタイルにひたすら見とれるのみだった。

ごめん。正直、たまりません。

朝比奈さんは子供のようにぐずりながらテーブルにしがみついていたが、そこはハルヒのバカ力にかなうはずもなく、間もなく小さな悲鳴とともに引きずるように連れ去られ、二人のバニーは部室から姿を消した。罪悪感にさいなまれつつ俺は力無く座

ろうとして、

「それ」

長門有希が床《ゆか》を指していた。目をやるとそこには乱雑に脱ぎ散らかされた二組のセーラー服と……あれはブラジャーか？

ショートカットの眼鏡《めがね》女は黙《だま》りこくったまま指先をハンガーラックへと向け、そうしてもう用はすんだと言わんばかりに読書に戻る。

お前がやってくれよ。

ため息混じりで俺は女どもの制服を拾い上げてハンガーに、げっ、まだ体温が残ってるよ。生々しー。

三十分後、よれよれになった朝比奈さんが戻ってきた。うわぁ、本物のウサギみたいに目が赤いやあ、なんて言ってる場合じゃないな。慌《あわ》てて俺は椅子《いす》を譲《ゆず》り、朝比奈さんはいつかみたいにテーブルに突《つ》っ伏《ぷ》して形のいい肩胛骨《けんこうこつ》を揺らし始めた。着替《きが》える気力もないらしい。背中が半ば以上も開いてるから目のやり場に困る。俺はブレザーを脱いで震《ふる》える白い背にかけてやった。めそめそ泣く少女とノーリアクションの読書好き、困惑《こんわく》する腰抜《こしぬ》け野郎《やろう》（俺のこった）が雰囲気《ふんいき》最悪の一室で無言のまますごす時間……。遠くで鳴ってるブラバンの下手くそなラッパと野球部の不明瞭《ふめいりょう》な怒鳴《どな》り声がやけによく聞こえた。

俺が今日の晩飯は何だろうなとかどうでもいいようなことを考え出した頃《ころ》になって、ようやくハルヒが勇ましく帰還《きかん》した。第一声、

「腹立つーっ！　なんなの、あのバカ教師ども、邪魔《じゃま》なのよ、邪魔っ！」

バニー姿で怒《おこ》っていた。だいたい何が起こったのか解《わか》る気もするが、一応訊《き》いてみよう。

「何か問題でもあったのか」

「問題外よ！　まだ半分しかビラまいてないのに教師が走ってきて、やめろとか言うのよ！　何様よ！」

お前がな。バニーガールが二人して学校の門でチラシ配ってたら教師じゃなくとも飛んでくるってーの。

「みくるちゃんはワンワン泣き出すし、あたしは生活指導室に連行されるし、ハンドボールバカの岡部も来るし」

生活指導担当の教師も岡部担任もさぞかし目が泳いでいたことだろう。

「とにかく腹が立つ！　今日はこれで終わり、終了《しゅうりょう》！」

やおらウサミミをむしり取ったハルヒはそれを床に叩《たた》きつけると、バニーの衣装を

脱《ぬ》ごうとし、俺は走って部室を後にした。

「いつまで泣いてんの！　ほら、ちゃっちゃと立って着替える！」

廊下《ろうか》の壁《かべ》にもたれて二人の着替えが終わるのを待つ。露出狂《ろしゅっきょう》というわけではなく、ハルヒは自分たちの半裸《はんら》姿が男にどういう影響《えいきょう》を与《あた》えるかがまったく理解出来ていないのだろう。バニーガールのコスプレも扇情《せんじょう》的なところに着目したからではなくて、単に目立つからに違《ちが》いない。

まともな恋愛《れんあい》が出来ないはずである。

少しは男の、少なくとも俺の目くらいは気にかけて欲しいものだ。気疲《きづか》れすることこの上ない。朝比奈さんのためにも、そう願わずにはいられない。それにしても……長門も少しは何か言ってくれよ。

やがて部室から出てきた朝比奈さんは滑《すべ》り止めにすら引っかからずすべての受験に失敗した直後の三浪《ろう》生のような顔になっていた。かける言葉が見つからないので黙っていたら、

「キョンくん……」

深海に沈《しず》んだ豪華《ごうか》客船から発せられる亡霊《ぼうれい》のような声が、

「……あたしがお嫁《よめ》に行けなくなるようなことになったら、もらってくれますか……？」

何と言うべきか。て言うか、あなたも俺をその名で呼ぶのですか。

朝比奈さんは油の切れたロボットの動きで俺にブレザーを返した。胸に飛び込んで泣いてくれたりするのかなと不埒《ふらち》なことを一瞬《いっしゅん》考えたのだが、彼女は古くなった青菜のようにひしゃげきった面持《おもも》ちで歩き去った。

ちょっと残念。


次の日、朝比奈さんは学校を休んだ。


すでに校内に轟《とどろ》いてた涼宮ハルヒの名は、バニー騒《さわ》ぎのおかげで有名を超越《ちょうえつ》して全校生徒の常識にまでなっていた。それは構わない。ハルヒの奇行《きこう》が全校に知れ渡《わた》ろうがどうしようが俺の知ったことではない。

問題は涼宮ハルヒのオプションとして朝比奈みくるという名前が囁《ささや》かれることになったことと、周囲の奇異を見る目が俺にまで向いているような気がすることである。

「キョンよぉ……いよいよもって、お前は涼宮と愉快《ゆかい》な仲間たちの一員になっちまったんだな……」

休み時間、谷口が憐《あわ》れみすら感じさせる口調で言った。

「涼宮にまさか仲間が出来るとはな……。やっぱ世間は広いや」

うるさいな。

「ほんと、昨日はビックリしたよ。帰り際《ぎわ》にバニーガールに会うなんて、夢でも見てるのかと思う前に自分の正気を疑ったもんね」

こちらは国木田。見覚えのある藁半紙《わらばんし》をヒラヒラさせて、

「このSOS団って何なの？　何するとこ、それ」

ハルヒに訊いてくれ。俺は知らん。知りたくもない。仮に知ってたとしても言いたくない。

「不思議なことを教えろって書いてあるけど、具体的に何を指すの？　そんで普通《ふつう》じゃダメって、よく解らないんだけど」

朝倉涼子までがやって来た。

「面白《おもしろ》いことしてるみたいね、あなたたち。でも、公序良俗《こうじょりょうぞく》に反することはやめておいたほうがいいよ。あれはちょっとやりすぎだと思うな」

俺も休めばよかった。

ハルヒはまだ怒っていた。ビラ配りを途中《とちゅう》で邪魔された怒りもさることながら、今

日の放課後になってもまるっきりSOS団宛《あて》のメールが届かなかったからである。一つ二つは悪戯《いたずら》メールが来るんじゃないかと思っていたのだが世間は思いのほか常識的であった。おおかた皆《みな》、ハルヒに関《かか》わると面倒《めんどう》くさいことになりそうだと考えたに違いない。

空っぽのメールボックスを眉根《まゆね》を寄せて睨《にら》みながらハルヒは光学マウスを振《ふ》り回した。

「なんで一つも来ないのよ！」

「まあ昨日の今日だし。人に話すのもためらうほどのすげえ謎《なぞ》体験なのかもしれんし、こんな胡散臭《うさんくさ》い団を信用する気になれないだけかもしれん」

俺は気休めを言ってやる。本当はだな、

何か不思議な謎ありませんか。はい、あります。おお素晴らしい、私に教えてください。解《わか》りました、実は……

なんてことになるわけないだろう。いいか、ハルヒ。そんなもんはマンガか小説の物語の中にしかないんだ。現実はもっとシビアでシリアスなんだよ。県立高校の一角で世界が終わってしまうような陰謀《いんぼう》が進行中とか、人間外の生命体が閑静《かんせい》な住宅地を徘徊《はいかい》してるとか、裏山に宇宙船が埋《う》まってるとか、ないないない、絶対ないって。解るよな？　お前も本当は理解してるんだろう？　ただもやもやしたやり場のない若さゆえのイラダチがお前を突《つ》き抜《ぬ》けた行動に導いているだけだよな。いい加減に目を覚まして、誰《だれ》か格好のいい男でも捕《つか》まえて一緒《いっしょ》に下校したり日曜に映画行ったりしてろよ。それか運動部にでも入って思い切り暴れてろよ。お前なら即《そく》レギュラーで活躍《かつやく》出来るさ。

……と、もっともらしく説いてやりたいのだが多分五行くらい話したあたりで鉄拳《てっけん》が飛んでくるような予感がしたのでやめておいた。

「みくるちゃんは今日休み？」

「もう二度と来ないかもな。可哀想《かわいそう》に、トラウマにならなければいいのだが」

「せっかく新しい衣装を用意したのに」

「自分で着ろよ」

「もちろんあたしも着るわよ。でも、みくるちゃんがいないとつまんない」

長門有希は例によって希薄《きはく》な存在感とともにテーブルと一体化していた。別に朝比奈さんにこだわらず長門を着せ替《きか》え人形にすればいいのに。ってのもあまりよくないが、それでも泣き虫の朝比奈さんと違《ちが》って長門は言われたとおりに淡々《たんたん》とバニーガールの衣装を身につけるような気がするし、それはそれで見てみたいような気もする。

待望の転校生がやって来た。

朝のホームルーム前のわずかな時間に俺はそれをハルヒから聞かされた。

「すごいと思わない？　本当に来たわよ！」

欲しがっていたオモチャを念願かなって買ってもらえた幼稚園児《ようちえんじ》のような飛びっきりの笑顔《えがお》でハルヒは机から身を乗り出していた。

いったいどこで聞きつけたのか知らないが、その転校生は今日から一年九組に転入するのだと言う。

「またとないチャンスね。同じクラスじゃないのは残念だけど謎の転校生よ。間違いない」

会ってもないのにどうして謎だと解る。

「前にも言ったじゃないの。こんな中途半端《ちゅうとはんぱ》な時期に転校してくる生徒は、もう高確率で謎の転校生なのよ！」

その統計はいつ誰がどうやって取ったんだ？　そっちのほうが謎だ。

五月の中旬《ちゅうじゅん》に転校することになった学生がすべからく謎的存在なのだとしたら、日本全国には謎の転校生がたくさんいるんじゃないかと思うぞ。

しかし独自の涼宮ハルヒ理論はそんな普遍《ふへん》的な常識論の追随《ついずい》を許可したりはしないのである。一限が終了《しゅうりょう》すると同時にハルヒはすっ飛んで行った。謎の転校生にお目通りしに九組へと向かったのだろう。

果たしてチャイムギリギリ、ハルヒは何やら複雑な顔つきで戻《もど》ってきた。

「謎っぽかったか?」

「うーん……あんまり謎な感じはしなかったなあ」

当たり前だ。

「ちょっと話してみたけど、でもまだ情報不足ね。普通人の仮面をかぶっているだけかもしれないし、どっちかって言うとその可能性のほうが高いわ。転校初日から正体を現す転校生もいないだろうし。次の休み時間にも尋問《じんもん》してみる」

尋問ねえ。九組の奴《やつ》らも驚《おどろ》いただろう。俺は想像する。自分から誰《だれ》かに話しかけるなどほぼ皆無《かいむ》のハルヒが、いきなり自分たちの教室に踏《ふ》み込んで手近な奴を捕まえ「転校生はどいつ?」とか訊《き》いて答えを聞くや否やそっちへと突進《とっしん》し、おそらく親交を深めるべく団欒《だんらん》中の会話の輪へと突進し、その輪を突き崩《くず》して中心部へ侵入《しんにゅう》、驚く転校生に詰《つ》め寄って「どこから来たの? あんた何者?」などと詰問《きつもん》する様を。

ふと思いつく。

「男? 女?」

「変装してる可能性もあるけど、一応、男に見えたわね」

じゃあ男なんだろ。

てことは、SOS団にやっと俺以外の男子生徒が増えるということでもある。その男子は、ただ転校してきたというだけの理由で、有無《うむ》を言わせず入団させられるのだ。しかしそいつが俺や朝比奈さんのようなお人好しとは限らない。そう上手くことが運ぶものだろうか。いくらハルヒが強引極《ごういんきわ》まろうとも、もっと意志の強い人間ならば拒《きょ》否《ひ》しおおせるのではないだろうか。

員数が揃《そろ》ってしまえば本当に「世界を大いに盛り上げるための涼宮ハルヒの団」なるバカげた同好会を作らんといかんようになるではないか。学校サイドが認めるかどうかはさておいて、そのために走り回ることになるのは十中八九、俺であろう。そして俺は「涼宮ハルヒの手下」という称号《しょうごう》を手に入れてこの三年間を後ろ指差されて過ごすことになるのである。

卒業後のことを具体的に考えているわけではないが漠然《ばくぜん》と大学には行きたいので、あまり内申《ないしん》に響《ひび》くような行動は慎《つつし》みたいのだが、ハルヒといる限りその望みは叶《かな》いそうもない。

どうしたものだろう。

どうもこうもない。

俺は羽交《はが》い締《じ》めにしてでもハルヒを制止してSOS団を解散させるべきだったのだ。それからハルヒをこんこんと説得し、まともな高校生活を送らせるべきだったのだ。

宇宙人や未来人や超能力者《ちょうのうりょく》なんざ、まるっと無視して適当な男を見つけて恋愛《れんあい》に精を出したり運動部で身体《からだ》を動かしたり、そういうふうな凡庸《ぼんよう》たる一生徒として三年間を過ごさせるべきだったのだ。

そう出来たらどんなに良かっただろう。

俺にもっと絶対的な意志力と行動力があれば、涼宮ハルヒという急流に流されるまま奇妙《きみょう》な海へ泳ぎ着くこともなかっただろう。なべて世はこともなく、俺たちは普通に三年間を過ごして普通に卒業したに違《ちが》いない。

……多分な。

今、俺がこんなことを言うのも、つまり全然普通でないことが実際に俺の身の上に降りかかったからであるのは、この話の流れからして、もうお解《わか》りだろう。

どこから話そうか。

まずその転校生が部室に来たあたりからかな。

第三章

謎《なぞ》のバニーガールズとしてすっかり認知を受けてしまった二人組の片割れである朝比奈みくるさんは、けなげにも一日休んだだけで復活し、部活にも顔を出すようになった。

部活と言ってもすることもないので、俺は自宅の押入に埋《う》まっていたオセロを持ってきてポツポツと語り合いながら朝比奈さんとひたすら対戦していた。

ホームページを作ったはいいがカウンタも回らずメールも届かず、すっかり無用の長物となっている。もっぱらパソコンはネットサーフィン専用機になっており、これではコンピュータ研の連中が泣く。

長門有希が黙々《もくもく》と読書する横で、俺と朝比奈さんはオセロの三戦目に入った。

「涼宮さん、遅《おそ》いね」

盤面《ばんめん》をじっと見つめながら朝比奈さんがポツリと漏《も》らした。

表情はすぐれないが深く沈《しず》んだ様子もない。俺は安心する。なんだかんだと言っても一学年上とは言え可愛《かわい》い女の子と空間を同じくするのは心が躍《おど》る。

「今日、転校生が来ましたからね。多分そいつの勧誘《かんゆう》に行ってるんでしょう」

「転校生……？」

小鳥のように首を傾《かし》げる朝比奈さん。

「九組に転入してきた奴がいまして。ハルヒ大喜びですよ。よっぽど転校生が好きなんでしょう」

黒を置いて白を一枚裏返す。

「ふうん……？」

「それより朝比奈さん、よくまた部室に来る気になりましたね」

「うん……ちょっと悩《なや》んだけど、でもやっぱり気になるから」

前にも似たようなことを言ってなかったか？

「何が気になるんです？」

パチリ、パタパタ。たおやかな指が石をひっくり返していく。

「ん……なんでもない」

ふと気配を感じて横を見ると、長門が盤上を覗《のぞ》き込んでいた。瀬戸物《せともの》人形のような顔立ちはいつものこと、ただし眼鏡《めがね》の奥の目には初めて見る光が宿っていた。

「……」

生まれて初めて犬を見た子猫《こねこ》のような目だった。石を置いては石をめくる俺の指先を錐《きり》のような視線で追っている。

「……替わろうか、長門」

声をかけると長門有希は機械的に瞬《まばた》きし、注意して見ていないと解らないほどの微《び》妙《みょう》な角度でうなずいた。俺は長門と場所を交代して朝比奈さんの隣《とな》りに座る。

オセロの石をつまみ上げ、しげしげと見つめる長門。全然見当違いのマスに持っていき、磁力でパチリとくっつくのに驚《おどろ》いたように指を引っ込める。

「……長門、オセロしたことある？」

ゆっくりと左右に首が振《ふ》られる。

「ルールは解るか？」

否定。

「えーとな、お前は黒だから白を挟《はさ》むように黒を置く。挟まれた白は黒になる。そうやって最後に自分の色の数が多かったら勝ち」

肯定《こうてい》。優雅《ゆうが》な動作で長門は石を置いて、ぎこちなく相手の色を自分の色に変える。

対戦相手が代わって、朝比奈さんの様子もどこかおかしくなった。なんとなく指が震《ふる》えているように見えるし、決して顔を上げようとしない。そのくせ上目で長門のほうを見ては急いで視線を戻《もど》すという仕草を何度も繰《く》り返し、まるでゲームに集中していない。盤面《ばんめん》はあっというまに黒の優勢へと変化した。

なんだ？　朝比奈さんは長門が妙《みょう》に気になっているらしい。理由が解《わか》らん。

この勝負はあっさりと黒が大勝、次の試合を始めようかとなったとき、すべての元《げん》凶《きょう》が新たな生贄《いけにえ》を連れて現れた。

「へい、お待ち！」

一人の男子生徒の袖《そで》をガッチリとキープした涼宮ハルヒが的はずれな挨拶《あいさつ》をよこした。

「一年九組に本日やって来た即《そく》戦力の転校生、その名も、」

言葉を句切り、顔で後は自分で言えとうながす。虜囚《りょしゅう》となっていたその少年は、薄《うす》く微笑《ほほえ》んで俺たち三人のほうを向き、

「古泉一樹《こいずみいっき》です。……よろしく」

さわやかなスポーツ少年のような雰囲気《ふんいき》を持つ細身の男だった。如才《じょさい》のない笑《え》み、柔和《にゅうわ》な目。適当なポーズをとらせてスーパーのチラシにモデルとして採用したらコアなファンが付きそうなルックスである。これで性格がいいならけっこうな人気者になれるだろう。

「ここ、SOS団。あたしが団長の涼宮ハルヒ。そこの三人は団員その一と二と三。ちなみにあなたは四番目。みんなっな、仲良くやりましょう！」

そんな紹介《しょうかい》ならされないほうが遥《はる》かにマシだ。解ったのはお前と転校生の名前だけじゃないか。

「入るのは別にいいんですが」

転校生の古泉一樹は落ち着いた笑みを絶やさずに言った。

「何をするクラブなんですか？」

百人いれば百人ともが頭に思い浮《う》かべる疑問だ。俺が誰彼《だれかれ》ともなく何度も問われ、ついぞ答えることの出来なかったクエスチョン。フェルマーの最終定理を説明出来たとしてもこればっかりは無理だ。知りもしないものを説明出来る奴《やつ》がいたとしたらそいつは詐欺《さぎ》師《し》の才能がある。が、ハルヒはまったく動じずに、それどころか不敵な笑みすら浮かべて俺たちを順々に眺《なが》めて言った。

「教えるわ。SOS団の活動内容、それは、」

大きく息を吸い、演出効果のつもりかセリフを溜《た》めに溜めて、そしてハルヒは驚くべき真相を吐《は》いた。

「宇宙人や未来人や超能力《ちょうのうりょく》者を探し出して一緒《いっしょ》に遊ぶことよ！」

全世界が停止したかと思われた。

というのは嘘《うそ》で、俺は単に「やっぱりか」と思っただけだった。しかし残りの三人はそうもいかなかったようだ。

朝比奈さんは完全に硬化《こうか》していた。目と口で三つの丸を作ってハルヒのハイビスカスのような笑顔を見つめたまま動かない。動かないのは長門有希も同様で、首をハルヒへと向けた状態で電池切れを起こしたみたいに止まっている。ほんのわずかだけ、目が見開かれているのに気付いて俺は意外に思う。さすがの無感動女もこれには意表をつかれたか。

最後に古泉一樹だが、微笑《びしょう》なのか苦笑なのか驚きなのか判別しにくい表情で突《つ》っ立っていた。古泉は誰よりも先に我に返り、

「はあ、なるほど」

と何かを悟《さと》ったような口ぶりで呟《つぶや》いて、朝比奈さんと長門有希を交互《こうご》に眺め、訳知り顔でうなずいた。

「さすがは涼宮さんですね」

意味不明な感想を言って、

「いいでしょう。入ります。今後とも、どうぞよろしく」

白い歯を見せて微笑んだ。

おおい、あんな説明でいいのかよ。本当に聞いていたのか？

首を捻《ひね》る俺の目の前に、ぬっと手が差し出された。

「古泉です。転校してきたばかりで教えていただくことばかりとは思いますが、なにとぞ御《ご》教示願います」

バカ丁寧《ていねい》な定型句を口にする古泉の手を握《にぎ》りかえす。

「ああ、俺は……」

「そいつはキョン」

ハルヒが勝手に俺を紹介し、次いで「あっちの可愛《かわい》いのがみくるちゃんで、そっちの眼鏡《めがね》っ娘《こ》が有希」と二人を指さして、すべてを終えた顔をした。

ごん。

鈍《にぶ》い音がした。慌《あわ》てて立ち上がろうとした朝比奈さんがパイプ椅子《いす》に足を取られて前のめりに蹴《け》つまずき、オセロ盤に額を打ち付けた音である。

「だいじょうぶですか？」

声をかけた古泉に朝比奈さんは首振《ふ》り人形のような反応を見せて、その転校生をまぶしげな目で見上げた。む。なんか気に入らない目つきだぞ、それは。

「……はい」

蚊《か》が喋《しゃべ》ってるみたいな小さな声で応《こた》えつつ朝比奈さんは古泉を恥《は》ずかしそうに見ている。

「そういうわけで五人揃《そろ》ったことだし、これで学校としても文句はないわよねえ」

ハルヒが何か言ってる。

「いえー、SOS団、いよいよベールを脱《ぬ》ぐ時が来たわよ。みんな、一丸となってがんばっていきまっしょー!」

何がベールだ。

ふと気付くと長門はまた定位置に戻《もど》ってハードカバーの続きに挑戦《ちょうせん》している。勝手にメンバーに入れられちまってるけど、いいのか、お前。


学校を案内してあげると言ってハルヒが古泉を連れ出し、朝比奈さんは用事があるからと帰ってしまったので、部室には俺と長門有希だけが残された。

今更《いまさら》オセロをする気にもなれず、長門の読書シーンを観察していても面白《おもしろ》くも何ともなく、だから俺もさっさと帰ることにした。鞄《かばん》を提《さ》げる。長門に一声、

「じゃあな」

「本読んだ?」

足が止まる。長門有希の暗闇《くらやみ》色をした目が俺を射抜《いぬ》いていた。

本。というと、いつぞや俺に貸した異様に厚いハードカバーのことか?

「そう」

「いや、まだだけど……返したほうがいいか？」

「返さなくていい」

長門のセリフはいつも端的《たんてき》だ。一文節内で収まる。

「今日読んで」

長門はどうでもよさそうに言った。

「帰ったらすぐ」

どうでもよさそうなのに命令調である。

ここんとこ国語の教科書に載《の》ってる以外の小説なんて読んでもいないけど、そこまで言うからには他人に推薦《すいせん》したくなるほどの面白さなのだろう。

「……解《わか》ったよ」

俺が応えると長門はまた自分の読書に戻った。


そして俺は今、夕闇《ゆうやみ》の中を必死で自転車をこいでいた。

長門と別れて自宅に戻った俺は、晩飯食ったりしてダラダラしたのち、自室で借りたと言うより押しつけられた洋モノのＳＦ小説を紐解《ひもと》くことにした。上下段にみっちり詰《つ》まった活字の海に眩暈《めまい》を感じながら、こんなの読めるのかよとパラパラめくっていたら、半ばくらいに挟《はさ》んであった栞《しおり》が絨毯《じゅうたん》に落ちた。

花のイラストがプリントしてあるファンシーな栞だ。何の気なしに裏返してみて、俺はそこに手書きの文字を発見した。


『午後七時。光陽園《こうようえん》駅前公園にて待つ』


まるでワープロで印字したみたいに綺麗《きれい》な手書き文字が書いてあった。このそっけなさ、いかにも長門が書きそうな感じではある。あるのだが、ここで疑問が募《つの》る。

俺がこの本を受け取ったのは何日も前の話である。午後七時というのは、その日の午後七時のことなのだろうか。それとも今日の午後七時でいいんだろうか。まさか俺がこのメッセージをいつ目にしてもいいように、毎日公園で待っていたりしてたのじゃないだろうな。今日必ず読めと言った長門の真意は、今日こそこの栞を見つけろってことだったのか？　しかしそれなら部室で直接俺に言えばいいだけだし、そもそも夜の公園に呼び出す必要性が解《わか》らない。

時計を見ると午後六時四十五分をちょっと過ぎている。光陽園駅は高校から一番近い私鉄の駅だが俺の自宅からではチャリをどんなに飛ばしても二十分はかかる。

考えていたのは十秒くらいのはずだ。

俺は栞をジーンズのポケットに入れると三月兎《さんがつうさぎ》のように部屋を飛び出て階段を駆《か》け降り、台所からアイスくわえて出て来た妹の「キョンくんどこ行くのー」の声に「駅前」と答え、玄関《げんかん》先に繋《つな》いでいたママチャリにまたがって走り出しながらライトを足で点け、帰ったらタイヤに空気入れようと決意しつつ可能な限りのスピードでペダルを踏《ふ》んだ。

これで長門がいなかったら笑ってやる。

笑わずに済んだようだ。

交通法規を真面目《まじめ》に遵守《じゅんしゅ》したおかげで、俺が駅前公園に到着《とうちゃく》したのは七時十分頃《ころ》。大通りから外れているため、この時間になるとあまり人通りもない。

電車や車の立てる喧噪《けんそう》を背中で聞きながら俺は自転車を押して公園に入っていく。等間隔《とうかんかく》で立っている街灯、その下にいくつかかたまって設置されている木製ベンチの一つに、長門有希の細っこいシルエットがぼんやり浮《う》かんでいた。

どうにも存在感の希薄《きはく》な女である。知らずに通りかかったら幽霊《ゆうれい》かと思うかもしれない。

長門は俺に気付いて糸に引かれた操《あやつ》り人形のようにすうっと立ち上がった。

制服姿である。

「今日でよかったのか？」

うなずく。

「ひょっとして毎日待っていたとか」

うなずく。

「……学校で言えないことでも？」

うなずいて、長門は俺の前に立った。

「こっち」

歩き出す。足音のしない、まるで忍者《にんじゃ》みたいな歩き方である。闇《やみ》に溶《と》けるように遠ざかる長門の後を、俺は仕方なくついて行く。

微風《びふう》に揺《ゆ》れるショートカットを眺《なが》めるともなく眺めながら歩いて数分後、俺たちは駅からほど近い分譲《ぶんじょう》マンションへたどり着いた。

「ここ」

玄関《げんかん》口のロックをテンキーのパスワードで解除してガラス戸を開ける。俺は自転車をその辺に止めてエレベータに向かう長門の後を追った。エレベータの中で長門は何を考えているのか解らない顔で一言も発せず、ただ数字盤《ばん》を凝視《ぎょうし》している。七階着。

「あのさ、どこに行こうとしてるんだ？」

まことに遅《おく》ればせながら俺は質問する。マンションのドアが立ち並ぶ通路をすたすた歩きながら長門は、

「わたしの家」

俺の足が止まる。ちょっと待て、何で俺が長門の家に招待されなければならないんだ。

「誰《だれ》もいないから」

ますますちょっと待て。それはいったいどういう意味であるのか。

708号室のドアを開けて、長門は俺をじいいっと見た。

「入って」

マジかよ。

うろたえつつも狼狽《ろうばい》を顔に出さないようにして、恐《おそ》る恐る上がらせていただく。靴《くつ》を脱《ぬ》ぎ一歩進んだところでドアが閉められる。

何か取り返しのつかない所に来てしまったような気がした。その音に不吉《ふきつ》な予感を感じて振《ふ》り返る俺に、長門は、

「中へ」

とだけ言って自分の靴を足の一振《ひとふ》りで脱ぎ捨てた。これで室内が真っ暗だったら何

している。

を置いても逃《に》げ出すつもりだったが、煌々《こうこう》たる明かりが広々とした部屋を寒々と照らうか。

3LDKくらい？　駅前という立地を考えると、けっこうな値段なんじゃないだろしかしまあ、生活臭《しゅう》のない部屋だな。

通されたリビングにはコタツ机が一つ置いてあるだけで他《ほか》には何もない。なんと、カーテンすらかかっていない。十畳《じょう》くらいのフローリングにはカーペットも敷《し》かれず茶色の木目をさらしていた。

「座ってて」

台所へ引っ込む間際《まぎわ》にそう言い残し、俺はへっぴり腰《ごし》でテーブルの際にあぐらをかいた。

年頃《としごろ》の少女が年頃の少年を家人のいない家に連れ込む理由を頭の中に巡《めぐ》らせていると、長門が盆《ぼん》に急須《きゅうす》と湯飲みを載《の》せてカラクリ人形のような動きでテーブルに置き、制服のまま俺の向かいにちょこんと座った。

沈黙《ちんもく》。

お茶を注《つ》ごうともしない。眼鏡《めがね》のレンズを通して俺に突《つ》き刺《さ》さる無感情な視線が俺の居心地《いごこち》の悪さを加速させる。

何か言ってみよう。

「あー……家の人は？」

「いない」

「いや、いないのは見れば解《わか》るんだが……。お出かけ中か？」

「最初から、わたししかいない」

今までに聞いた長門のセリフで一番長い発言だった。

「ひょっとして一人暮らしなのか？」

「そう」

ほほう、こんな高級マンションに高校生になったばかりの女の子が一人暮らしとは。ワケありなんだろうな。でもまあ、いきなり長門の家族と顔を合わさずにすんで安堵《あんど》したよ。って安堵してる場合じゃないいな。

「それで何の用？」

思い出したように長門は急須の中身を湯飲みに注《つ》いで俺の前に置いた。

「飲んで」

飲むけどさ。ほうじ茶をすする俺を動物園でキリンを見るような目で観察する長門。自分は湯飲みには手を付けようともしない。

しまった、毒か！　……なわけないって。

「おいしい？」

初めて疑問形で訊《き》かれた気がする。

「ああ……」

飲み干した湯飲みを置くと同時に長門は再び茶褐色《ちゃかっしょく》の液体で湯飲みを満たした。しょうがなしにそれを飲んで、飲み終えるとすかさず三杯《ばい》目が。ついに急須が空になり、長門がおかわりを用意しようと腰《こし》を上げかけるのを、やっとのことで俺は止めた。

「お茶はいいから、俺をここまで連れてきた理由を教えてくれないか」

腰を浮《う》かせた姿勢で静止した長門はビデオの逆回しのように元の位置に座り直した。なかなか口を開かない。

「学校では出来ないような話って何だ？」

水を向ける。ようやく長門は薄《うす》い唇《くちびる》を開いた。

「涼宮ハルヒのこと」

背筋を伸《の》ばした綺麗《きれい》な正座で、

「それと、わたしのこと」

口をつぐんで一拍《いっぱく》置き、

「あなたに教えておく」

と言ってまた黙《だま》った。

どうにかならないのか、この話し方。

「涼宮とお前が何だって？」

ここで長門は出会って以来、初めて見る表情を浮かべた。困ったような躊躇《ちゅうちょ》してるような、どちらにせよ注意深く見てないと解らない、無表情からミリ単位で変異したわずかな感情の起伏《きふく》。

「うまく言語化出来ない。情報の伝達に齟齬《そご》が発生するかもしれない。でも、聞いて」

そして長門は話し出した。

「涼宮ハルヒとわたしは普通《ふつう》の人間じゃない」

いきなり妙《みょう》なことを言い出した。

「なんとなく普通じゃないのは解るけどさ」

「そうじゃない」

膝《ひざ》の上で揃《そろ》えた指先を見ながら長門。

「性格に普遍《ふへん》的な性質を持っていないという意味ではなく、文字通り純粋《じゅんすい》な意味で、彼女とわたしはあなたのような大多数の人間と同じとは言えない」

意味が解らん。

「この銀河を統括《とうかつ》する情報統合思念体によって造られた対有機生命体コンタクト用ヒューマノイド・インターフェース。それが、わたし」

「……」

「わたしの仕事は涼宮ハルヒを観察して、入手した情報を統合思念体に報告すること」

「……」

「生み出されてから三年間、わたしはずっとそうやって過ごしてきた。この三年間は特別な不確定要素がなく、いたって平穏《へいおん》。でも、最近になって無視出来ないイレギュラー因子が涼宮ハルヒの周囲に現れた」

「……」

「それが、あなた」

情報統合思念体。

銀河系、それどころか全宇宙にまで広がる情報系の海から発生した肉体を持たない超《ちょう》高度な知性を持つ情報生命体である。

それは最初から情報として生まれ、情報を寄り合わせて意識を生み出し、情報を取り込むことによって進化してきた。

実体を持たず、ただ情報としてだけ存在するそれは、いかなる光学的手段でも観測することは不可能である。

宇宙開闢《かいびゃく》とほぼ同時に存在したそれは、宇宙の膨張《ぼうちょう》とともに拡大し、情報系を広げ、巨大化《きょだい》しつつ発展してきた。

地球、いや太陽系が形成される遥《はる》か前から全宇宙を知覚していたそれにとって、銀河の辺境に位置する大して珍《めずら》しくもないこの星系に特別な価値などなかった。有機生命体が発生する惑星《わくせい》はその他《ほか》にも数限りなくあったからだ。

しかしその第三惑星で進化した二足歩行動物に知性と呼ぶべき思索《しさく》能力が芽生えたことにより、現住生命体が地球と呼称《こしょう》するその酸化型惑星の重要度はランクアップを果たした。


「情報の集積と伝達速度に絶対的な限界のある有機生命体に知性が発現することなんてありえないと思われていたから」

長門有希は真面目《まじめ》な顔で言った。

「統合思念体は地球に発生した人類にカテゴライズされる生命体に興味を持った。もしかしたら自分たちが陥《おちい》っている自律進化の閉塞《へいそく》状態を打開する可能性があるかもしれなかったから」

発生段階から完全な形で存在していた情報生命体と違《ちが》い、人類は不完全な有機生命体として出発しながら急速な自律進化を遂《と》げていった。保有する情報量を増大させ、また新たな情報を創造し、加工し、蓄積《ちくせき》する。

宇宙に偏在《へんざい》する有機生命体に意識が生ずるのはありふれた現象だったが、高次の知性を持つまでに進化した例は地球人類が唯一《ゆいいつ》であった。情報統合思念体は注意深く、かつ綿密に観測を続けた。

「そして三年前。惑星表面に他では類を見ない異常な情報フレアを観測した。弓状《きゅうじょう》列島《れっとう》の一地域から噴出《ふんしゅつ》した情報爆発《ばくはつ》は瞬《また》く間に惑星全土を覆《おお》い、惑星外空間に拡散した。その中心にいたのが涼宮ハルヒ」

原因も効果も何一つ解《わか》らない。情報生命体である彼等にもその情報を分析《ぶんせき》することは不可能だった。それは意味をなさない単なるジャンク情報にしか見えなかった。

重要なのは、有機生命としての制約上、限定された情報しか扱《あつか》えないはずの地球人類の、そのうちのたった一人の人間でしかない涼宮ハルヒから情報の奔流《ほんりゅう》が発生したことだ。

涼宮ハルヒから発せられる情報の奔流はそれからも間歇的《かんけつてき》に継続《けいぞく》し、またまったくのランダムにそれはおこなわれる。そして涼宮ハルヒ本人はそのことを意識していない。

この三年間、あらゆる角度から涼宮ハルヒという個体に対し調査がなされたが、今もってその正体は不明である。しかし情報統合思念体の一部は、彼女こそ人類の、ひいては情報生命体である自分たちに自律進化のきっかけを与《あた》える存在として涼宮ハルヒの解析《かいせき》をおこなっている……。

「情報生命体である彼等は有機生命体と直接的にコミュニケート出来ない。言語を持たないから。人間は言葉を抜《ぬ》きにして概念《がいねん》を伝達するすべを持たない。だから情報統合思念体はわたしのような人間用のインターフェースを作った。統合思念体はわたしを通して人間とコンタクト出来る」

やっと長門は自分の湯飲みに口を付けた。一年分くらいの量を喋《しゃべ》って喉《のど》がかれたのかもしれない。

「……」

俺は二の句がつげない。

「涼宮ハルヒは自律進化の可能性を秘めている。おそらく彼女には自分の都合の良いように周囲の環境《かんきょう》情報を操作する力がある。それが、わたしがここにいる理由。あなたがここにいる理由」

「待ってくれ」

混乱したまま俺は言う。

「正直言おう。お前が何を言っているのか、俺にはさっぱり解らない」

「信じて」

長門は見たこともないほど真摯《しんし》な顔で、

「言語で伝えられる情報には限りがある。わたしは単なる端末《たんまつ》、対人間用の有機インターフェースにすぎない。統合思念体の思考を完全に伝達するにはわたしの処理能力ではまかなえない。理解して欲しい」

んなこと言われても。

「何で俺なんだ。お前がそのナントカ体のインターフェースだってのを信用したとして、それで何故《なぜ》俺に正体を明かすんだ？」

「あなたは涼宮ハルヒに選ばれた。涼宮ハルヒは意識的にしろ無意識的にしろ、自分の意思を絶対的な情報として環境に影響《えいきょう》を及《およ》ぼす。あなたが選ばれたのは必ず理由がある」

「ねーよ」

「ある。多分、あなたは涼宮ハルヒにとっての鍵《かぎ》。あなたと涼宮ハルヒが、すべての可能性を握《にぎ》っている」

「本気で言ってるのか？」

「もちろん」

俺は今までになくマジマジと長門有希の顔を直視した。度を越《こ》えた無口な奴《やつ》がやっと喋るようになったかと思ったら、延々とデンパなことを言いやがった。変な奴だとは思っていたが、ここまで変だとは想像外だった。

情報統合思念体？　ヒューマノイド・インターフェース？

アホか。

「あのな、そんな話ならチョクでハルヒに言ったほうが喜ばれると思うぞ。はっきり言うが、俺はその手の話題にはついていけないんだ。悪いがな」

「統合思念体の意識の大部分は、涼宮ハルヒが自分の存在価値と能力を自覚してしまうと予測出来ない危険を生む可能性があると認識している。今はまだ様子を見るべき」

「俺が聞いたままをハルヒに伝えるかもしれないじゃないか。だからなぜ、俺にそんなことを言うんだよ」

「あなたが彼女に言ったとしても彼女はあなたがもたらした情報を重視したりしない」

確かにそうかもしれない。

「情報統合思念体が地球に置いているインターフェースはわたし一つではない。統合思念体の意識には積極的な動きを起こして情報の変動を観測しようという動きもある。あなたは涼宮ハルヒにとっての鍵。危機が迫《せま》るとしたらまずあなた」

付き合いきれん。

俺はそろそろおいとまさせていただくことにした。お茶美味《うま》かったよ。ごちそうさん。

長門は止めなかった。

視線を湯飲みに落としたまま、いつもの無表情に戻《もど》っている。ちょっとばかし寂《さび》しげに見えたのは俺の錯覚《さっかく》だろう。

どこへ行っていたのかという母親の誰何《すいか》に生返事をして俺は自室に戻った。ベッドに横になって長門の長ゼリフを反芻《はんすう》する。

あいつの言ったことをそのまま信用すると、ようするに長門有希は人類以外の、地球外生命体ってことになる。早い話、宇宙人だ。

涼宮ハルヒがあれほど熱望し、追い求めている不思議議的な存在だ。

それがこんな身近にいたとは、灯台下暗《とうだいもと》しとはこれを指して言うべきだ。

……はっはっは。バカらしい。

投げ出した状態で転がっていた厚手の小説本が視界のスミに映った。栞《しおり》とともに拾い上げて、しばらく仰々《ぎょうぎょう》しいイラストの表紙を眺《なが》めて枕元《まくらもと》に置いた。

一人っきりのマンションでこんなSF本を読んでばっかりいるから、長門もけったいな妄想《もうそう》に頭を支配されるんだ。どうせ教室でも誰《だれ》とも話さず自分の殻《から》に閉じこもっているに違《ちが》いない。本なんか捨てて、表層だけの付き合いでもいいから友達を作って、普通《ふつう》に学園生活を楽しめばいいのだ。あの無表情が悪い。笑えばあいつだってかなり可愛《かわい》いと思うのに。

この本も明日突《つ》き返そうか……。まあ、せっかくだし読んでみるのもいいかな。

翌日の放課後。

掃除《そうじ》当番だったため、俺が遅《おく》れて部室へ行くと、ハルヒが朝比奈さんで遊んでいた。

「じっとして！　ほら暴れない！」

「やっ……やめっ……助けてぇ！」

嫌《いや》がる朝比奈さんをハルヒがまた半裸《はんら》に剝《む》いていた。

「きゃあ！」

部室に入りかけた俺を見て悲鳴を上げる朝比奈さんだった。

超完全《ちょう》に下着姿の朝比奈さんを一瞬《いっしゅん》だけ眺めて、俺は半分以上開けかけていたドアを半歩下がって閉めた。

「失礼」

待つこと十分。朝比奈さんの可愛らしい叫《さけ》び声とハルヒの楽しそうな声の二重奏が消えた。代わりにハルヒが、

「いいわよ、入っても」

そして俺は室内に入り、しかるのちに絶句した。

メイドさんがいた。

エプロンドレスに身を包み、今にも泣きそうな朝比奈さんがパイプ椅子《いす》にちょこんと腰掛《こしか》け、悲しげに俺を見てすぐにうつむいた。

白いエプロンと、裾《すそ》の広がったワンピース。ストッキングの白さが清楚《せいそ》な雰囲気《ふんいき》を抜群《ばつぐん》に演出していて非常によろしい。頭のてっぺんのレースのカチューシャと、髪《かみ》を後ろでまとめている頭の幅《はば》よりも大きなリボンがこれまた愛らしい。

非のうちどころのないメイド少女である。

「どう、可愛いでしょう」

ハルヒがまるで自分の手柄《てがら》のように誇《ほこ》らしげに言って朝比奈さんの髪を撫《な》でた。

それには同意出来るな。情けなさそうな表情で悄然《しょうぜん》と座っている朝比奈さんには悪いが、無茶苦茶可愛い。

「まあ、それはいいとして」

よくありません、と小声で呟《つぶや》く朝比奈さんを無視して俺はハルヒに、

「なんでメイドの格好をさせる必要があるんだ?」

「やっぱり萌《も》えと言ったらメイドでしょ」

また意味すら解《わか》らないことを。

「これでもあたしはけっこう考えたのよ」

お前の考えることは考えないほうがいいようなことばかりだ。

「学校を舞台《ぶたい》にした物語にはね、こういう萌えキャラが一人は必ずいるものなのよ。言い換《か》えれば萌えキャラのあるところに物語は発生するの。これはもはや必然と言っていいわね。いい? みくるちゃんというもともとロリで気が弱くて、でもグラマーっていう萌え要素を持つ女の子をさらにメイド服で装飾《そうしょく》することにより、萌えパワーは飛躍《ひやく》的に増大するわ。どこから見ても萌え記号のかたまりよね。もう勝ったも同然ね」

何に勝つつもりなんだ。

俺が呆《あき》れてものを言えないでいると、ハルヒはいつの間にかデジタルカメラを手にして、記念に写真を撮《と》っておこうと言い出した。

真っ赤になって朝比奈さんは首を振《ふ》る。

「撮らないで……」

手を合わせて拝まれようがどうしようが、ハルヒがそれをすると言えばするのである。

懇願《こんがん》むなしく朝比奈さんは無理矢理にポーズを取らされ、何度も何度もフラッシュの光を浴びた。

「ふええ……」

「目線こっち。ちょい顎《あご》ひいて手でエプロン握《にぎ》りしめて。そうそうもっと笑って笑って！」

注文をつけながらハルヒは朝比奈さんを激写する。デジタルカメラなんかどこから持ってきたんだと訊《き》いたら写真部から借りてきたという。パクってきたの間違いじゃないのか？

写真撮影《さつえい》のかたわらでは、長門有希がいつもの場所でいつものように読書に励《はげ》んでいた。昨日、さんざん俺にデンパな話を語ったことなどおくびにも出さないそのいつもと変わらぬ様子に、俺はどことなくホッとした。

「キョン、カメラマン代わって」

ハルヒは俺にデジタルカメラを渡《わた》し、朝比奈さんへと向き直った。水辺の鳥ににじり寄るワニのような動きで小さな肩《かた》を捕《と》らえる。

「ひっ……」

身を縮める朝比奈さんにハルヒは優《やさ》しく微笑《ほほえ》みかけた。

「みくるちゃん、もうちょっと色っぽくしてみようか」

言うが早いかハルヒはメイド服の胸元《むなもと》からリボンを引き抜《ぬ》き、ブラウスのボタンをいきなり第三ボタンまで開けて胸元を露出《ろしゅつ》させた。

「ちょ、やっ……何する……！」

「いいからいいから」

何がいいものか。

朝比奈さんはさらに膝《ひざ》に手をついて前屈《まえかが》みの姿勢を取らされる。小柄《こがら》な身体《からだ》と幼い顔からは予想も出来ない豊かな谷間が胸襟《きょうきん》から覗《のぞ》いて、俺は目をそらした。が、そらしていては写真が撮れないので仕方なしにファインダーを覗く。ハルヒに命じられるままシャッターを切りまくる。

胸を強調するポーズを取って羞恥《しゅうち》の色に頬《ほお》を染め、泣き出す一歩前の潤《うる》んだ目でぎこちない笑《え》みを浮《う》かべてカメラに目線を送る朝比奈さんは、それはもうたとえようもないほど魅力的《みりょくてき》だった。

やべ。惚《ほ》れてしまいそうだ。

「有希ちゃん、眼鏡《めがね》貸して」

ゆっくりと本から顔を上げた長門は、ゆっくりと眼鏡を外すとハルヒに手渡《てわた》し、ゆっくり読書に戻《もど》った。読めるのか？

ハルヒは受け取った眼鏡を朝比奈さんの顔にかけて、

「ちょっとずらした感じがいいのよねえ。うん、これで完璧《かんぺき》！　ロリで美乳でメイドでしかも眼鏡っ娘《こ》！　素晴らしいわ！　キョン、じゃんじゃん撮ってあげて」

撮るのに否《いな》やはないが、朝比奈さんのメイドコスプレ写真をこんなに撮影して何に使うつもりなんだろう。

「みくるちゃん、これから部室にいるときはこの服着るようにしなさい」

「そんなあ……」

精一杯《せいいっぱい》の否定の意思表示をする朝比奈さん。しかしハルヒは、

「だってこんなに可愛《かわい》いんだもの！　もう、女のあたしでもどうにかなりそうだわ！」

朝比奈さんに抱《だ》きついて頬ずりする。朝比奈さんは、わあわあ叫《さけ》びながら逃《のが》れようとして果たせず、終《しま》いにはぐったりとハルヒのされるがままになってしまった。

おいおい。うらやましいぞ、ハルヒ。つーか、止めろよな、俺も。

「そのへんで終わっとけ」

朝比奈さんに露骨《ろこつ》なセクハラを続けるハルヒの首根っこをつかむ。なかなか離《はな》れない。

「こら、いい加減にしろ！」

「いいじゃん。あんたも一緒《いっしょ》にみくるちゃんにエッチぃことしようよ」

グッとくるアイデアだが、たちまち真っ青になる朝比奈さんを見ていたら首肯《しゅこう》するわけにもいかないだろ。

「うわ、何ですかこれ？」

もみ合っている俺たちに声をかけたのは、入り口付近で鞄《かばん》片手に立ちつくしている古泉一樹だった。

朝比奈さんの開いた胸元に手を突《つ》っ込もうとしているハルヒと、その手を握って止めようとしている俺と、ぶるぶる震《ふる》えているメイド姿の朝比奈さんと、裸眼《らがん》で平然と読書中の長門を興味深そうに眺《なが》めて、

「何の催《もよお》しですか？」

「古泉くん、いいところに来たね。みんなでみくるちゃんにイタズラしましょう」

何てことを言い出すんだ。

古泉は口元だけでフッと笑った。同意するようならこいつも敵に回さなければならん。

「遠慮《えんりょ》しておきましょう。後が怖《こわ》そうだ」

鞄をテーブルに置いて壁《かべ》に立てかけてあったパイプ椅子《いす》を組み立てる。

「見学だけでもいいですか？」

足を組んで座りながら面白《おもしろ》そうな顔で俺を見やがる。

「お気になさらず、どうぞ続きを」

違《ちが》うって、俺は襲《おそ》う方じゃなくて助けに入っている方だっつーの。

すったもんだの末、俺はどうにかハルヒと朝比奈さんの間に割って入り、ふらりと後ろ向きに倒《たお》れそうになる朝比奈さんを慌《あわ》てて支え、その軽さにちょっと驚《おどろ》きながら椅子に座らせた。メイド服を乱して、くたっとなっている朝比奈さんの姿は、正直な話、かなりそそられた。

「まあいいか。写真もいっぱい撮《と》れたし」

ハルヒは目を閉じて背もたれに寄りかかっている朝比奈さんの綺麗《きれい》な顔から眼鏡を抜き取ると長門に返した。

無言で受け取って何をコメントすることもなくかけ直す長門。昨日あんだけ長広舌《ちょうこうぜつ》をふるったのが嘘《うそ》のようだ。嘘だったんだろうか。それか壮大《そうだい》な冗談《じょうだん》だったとか。

「ではこれより、第一回ＳＯＳ団全体ミーティングを開始します！」

団長席の椅子の上に立ってハルヒが藪《やぶ》から棒に大音声《だいおんじょう》を発した。いきなり何を言い出すんだ。

「今まであたしたちは色々やってきました。ビラも配ったし、ホームページも作った。校内におけるＳＯＳ団の知名度は鰻《うなぎ》の滝登《たきのぼ》り、第一段階は大成功だったと言えるでしょう」

朝比奈さんの精神に傷を負わせておいて何が大成功だ。

「しかしながら、わが団のメールアドレスには不思議な出来事を訴《うった》えるメールが一通も来ず、またこの部室に奇怪《きかい》な悩《なや》みを相談しに来る生徒もいません」

そりゃあ、知名度だけは無駄《むだ》にあっても、何をする部活動なのかいまいち解《わか》らないところだからな。第一、まだ部活動として認められてないし。

「果報は寝《ね》て待て、昔の人は言いました。でももうそんな時代じゃないのです。地面を掘《ほ》り起こしてでも、果報は探し出すものなのです。だから探しに行きましょう！」

「……何を？」

誰《だれ》もツッコまないので俺が代表して訊《き》いた。

「この世の不思議をよ！　市内をくまなく探索《たんさく》したら一つくらいは謎《なぞ》のような現象が転がっているに違いないわ！」

その発想のほうが俺にとってはよっぽど謎だがな。

俺のあきれ顔、古泉の何を考えているのか量りかねる曖昧《あいまい》な笑顔《えがお》、長門の無表情、朝比奈さんのもうどうにでもしてという気力の感じられない顔。いっさい顧《かえり》みることなく、ハルヒは手を振《ふ》り回して叫《さけ》ぶ。

「次の土曜日！　つまり明日！　朝九時に北口《きたぐち》駅前に集合ね！　遅《おく》れないように。来なかった者は死刑《しけい》だから！」

死刑て。


ところで朝比奈さんのメイドコスプレ写真をハルヒがどうするつもりだったのかと言うと、このアマ、デジカメから吸い出した画像データを俺が適当に作ったホームページに載《の》せるつもりでいやがったことが判明した。

俺が気付いたときには、朝比奈さんのメイド画像が一ダースばかりトップページにずらりと並び、訪問者を出迎《でむか》える準備万端《ばんたん》、まさにファイルが電脳空間にアップロードされる寸前だった。

まったく伸《の》びないアクセス数もこうすればあっという間に万単位で回るんだと言う。

アホかい。

こればっかりは死力を尽くして俺はハルヒを制し、すべての画像を消去した。自分がメイド服で悩殺《のうさつ》ポーズを取っているようなあられもない画像が全世界に発信されるなんてことになれば、朝比奈さんはその場で卒倒《そっとう》するに相違《そうい》ない。

珍《めずら》しく熱心に説教する俺をハルヒはじとっとした目でみやっていたが、ネットに個人を特定出来るような情報を流すことの危険性を解説する俺の言葉をどうにか理解したのか、

「解ったわよ」

ふてくされたように言って、しぶしぶデリートに同意した。この際だから画像そのものをすべて消去すべきだったのかもしれないが、それはちょっと惜《お》しい。俺はハードディスクに隠《かく》しフォルダを作って、こっそり朝比奈みくる写真を格納し、パスワードで鍵《かぎ》をかけた。

俺の観賞用にしておこう。

第四章

休みの日に朝九時集合だと、ふざけんな。

とか思いながらも自転車こぎこぎ駅前に向かっている自分が我ながら情けない。

北口駅はこの市内の中心部に位置する私鉄のターミナルジャンクションということもあって、休みになると駅前はヒマな若者たちでごった返す。そのほとんどは市内からもっと大きな都市部に出て行くお出かけ組で、駅周辺には大きなデパート以外に遊ぶ所なんかない。それでもどこから湧《わ》いたのかと思うほどの人混みには、いつもこの大量の人間一人一人にそれぞれ人生ってのがあるんだよなあと考えさせられる。

シャッターの閉まった銀行の前に不法駐輪《ちゅうりん》(すまん)して北側の改札出口に俺が到《とう》着《ちゃく》したのが九時五分前。すでに全員が雁首《がんくび》を揃《そろ》えていた。

「遅《おそ》い。罰金《ばっきん》」

顔をあわせるやハルヒは言った。

「九時には間に合ってるだろ」

「たとえ遅れなくとも最後に来た奴《やつ》は罰金なの。それがあたしたちのルールよ」

「初耳だが」

「今決めたからね」

裾《すそ》がやたらに長いロゴＴシャツとニー丈《たけ》デニムスカートのハルヒは晴れやかな表情で、

「だから全員にお茶おごること」

カジュアルな格好で両手を腰《こし》に当てているハルヒは、教室で仏頂面《ぶっちょうづら》しているときの百倍は取っつきやすい雰囲気《ふんいき》だった。うやむやのうちに俺はうなずかされてしまい、とりあえず今日の行動予定を決めましょうというハルヒの言葉に従って喫茶店《きっさてん》へと向かった。

白いノースリーブワンピースに水色のカーディガンを羽織った朝比奈さんはバレッタで後ろの髪《かみ》をまとめていて、歩くたびに髪がぴょこぴょこ揺《ゆ》れるのがとてつもなく可愛《かわい》い。いいとこの小さいお嬢《じょう》さんが背伸《せの》びして大人っぽい格好をしているような微笑《ほほえ》ましさである。手に提《さ》げたポーチもオシャレっぽい。

古泉はピンクのワイシャツにブラウンのジャケットスーツ、えんじ色のネクタイまでしめているというカッチリしたスタイルで俺の横に並んでいる。うっとうしいことだが様になっている。俺より背が高いし。

一同の最後尾《さいこうび》には見慣れたセーラー服を着た長門有希が無音でついてくる。なんかもう完全にSOS団の一員になっているが、本当は文芸部員のはずじゃなかったのか。あの日、閑散《かんさん》としたマンションの一室で理解不能な話を聞かされた手前、その無表情ぶりがなおのこと気にかかる。しかしなんで休みの日まで制服着てるんだ。

ロータリーに面した喫茶店の奥まった席に腰を下ろす謎《なぞ》の五人組だった。注文を取りに来たウェイターにおのおのオーダーを言うものの、長門だけがメニューをためつすがめつしながら不可解なまでの真剣《しんけん》さ——でも無表情——で、なかなか決まらない。インスタントラーメンなら食べ頃《ごろ》になってくる時間をかけて、

「アプリコット」と告げる。

どうせ俺のおごりさ。

ハルヒの提案はこうだった。

これから二手に分かれて市内をうろつく。不思議な現象を発見したら携帯《けいたい》電話で連《れん》絡《らく》を取り合いつつ状況《じょうきょう》を継続《けいぞく》する。のちに落ち合って反省点と今後に向けての展望を語り合う。

以上。

「じゃあクジ引きね」

ハルヒは卓上《たくじょう》の容器から爪楊枝《つまようじ》を五本取り出し、店から借りたボールペンでそのうちの二本の先に印をつけて握《にぎ》り込んだ。頭が飛び出た爪楊枝を俺たちに引かせる。俺は印入り。同じく朝比奈さんも印入り。後の三人が無印。

「ふむ、この組み合わせね……」

なぜかハルヒは俺と朝比奈さんを交互《こうご》に眺《なが》めて鼻を鳴らし、

「キョン、解ってる？　これデートじゃないのよ。真面目《まじめ》にやるのよ。いい？」

「わあってるよ」

我ながらやに下がった顔になっていたんじゃないだろうか。ラッキー。朝比奈さんは赤い頰《ほお》に片手を当てて爪楊枝の先を見つめている。いいね、実にいい。

「具体的に何を探せばいいんでしょうか」

能天気に言ったのは古泉である。その横で長門は定期的にカップを口に運んでいた。ハルヒはチュゴゴゴとアイスコーヒーの最後の一滴《いってき》を飲み干して耳にかかる髪を払《はら》った。

「とにかく不可解なもの、疑問に思えること、謎っぽい人間、そうね、時空が歪《ゆが》んでる場所とか、地球人のフリしたエイリアンとかを発見出来たら上出来」

思わず口の中のミントティーを吹《ふ》きそうになった。あれ、隣《とな》りの朝比奈さんも同じような顔になっている。長門は相変わらずだが。

「なるほど」と古泉。

本当に解《わか》ったのか、お前。

「ようするに宇宙人とか未来人とか超能力《ちようのうりよく》者本人や、彼らが地上に残した痕跡《こんせき》などを探せばいいんですね。よく解りました」

古泉の顔は愉快《ゆかい》げでありさえした。

「そう！　古泉くん、あんた見所がある奴《やつ》だわね。その通りよ。キョンも少しは彼の物わかりの良さを見習いなさい」

あまりこいつを増長させるな。恨《うら》めしげに見る俺に向かって古泉は笑顔《えがお》で会釈《えしやく》した。

「ではそろそろ出発しましょ」

勘定書《かんじようがき》を俺に握らせ、ハルヒは大またで店を出て行った。

何度言ったか解らないが、もう一度言ってみる。

「やれやれ」


マジ、デートじゃないのよ、遊んでたら後で殺すわよ、と言い残してハルヒは古泉と長門を従えて立ち去った。駅を中心にしてハルヒチームは東、俺と朝比奈さんが西を探索《たんさく》することになっていた。何が探索だ。

「どうします？」

両手でポーチを持って三人の後ろ姿を見送っていた朝比奈さんが俺を見上げた。このまま持って帰りたい。俺は考えるフリをして、

「うーん。まあここに立っててもしょうがないから、どっかブラブラしてましょうか」

「はい」

素直についてくる。ためらいがちに俺と並び、なにかの拍子《ひょうし》に肩《かた》が触《ふ》れ合ったりすると慌《あわ》てて離《はな》れる仕草が初々《ういうい》しい。

俺たちは近くを流れている川の河《か》川敷《せんじき》を意味もなく北上しながら歩いていた。一ヶ月前ならまだ花も残っていただろう桜並木は、今はただしょぼくれた川縁《かわべり》の道でしかない。

散策にうってつけの川沿いなので、家族連れやカップルとところどころですれ違《ちが》う。俺たち二人だって知らない人が見れば仲むつまじい恋人《こいびと》同士に見えるはずである。まさか自分たちでも解っていないものを探している変な二人組だとは思うまい。

「わたし、こんなふうに出歩くの初めてなんです」

護岸工事された浅い川のせせらぎを眺めながら朝比奈さんが呟《つぶや》くように言った。

「こんなふうにとは？」

「……男の人と、二人で……」

「はなはだしく意外ですね。今まで誰《だれ》かと付き合ったことはないんですか?」

「ないんです」

ふわふわの髪《かみ》でそよ風が遊んでいる。鼻筋の通った横顔を俺は見つめた。

「えー、でも朝比奈さんなら付き合ってくれとか、しょっちゅう言われるでしょ」

「うん……」

恥《は》ずかしそうにうつむいて、

「ダメなんです。わたし、誰とも付き合うわけにはいかないの。少なくともこの……」

言いかけて黙《だま》る。次の言葉を待っている間に三組のカップルがこの世に何一つ悩《なや》みがないような足取りで俺たちの背後を通り過ぎた。

「キョンくん」

水面《みなも》を流れる木の葉の数でも数えようかと思っていた俺は、その声で我に返った。

朝比奈さんが思い詰《つ》めたような表情で俺を見つめている。彼女は決然と、

「お話ししたいことがあります」

子鹿《こじか》のような瞳《ひとみ》に決意が露《あら》わに浮《う》かんでいた。

桜の下のベンチに俺たちは並んで座る。しかし朝比奈さんはなかなか話し出そうと

はしなかった。「どこから話せばいいのか」とか「わたし話ヘタだから」とか「信じてもらえないかもしれませんけど」とか、顔を伏《ふ》せてプップッ呟いた後、やっと彼女は言葉を句切るようにして話し始めた。

手始めにこう言われた。

「わたしはこの時代の人間ではありません。もっと、未来から来ました」

「いつ、どの時間平面からここに来たのかは言えません。言いたくても言えないんです。過去人に未来のことを伝えるのは厳重に制限されていて、航時機に乗る前に精神操作を受けて強制暗示にかからなくてはなりませんから。だから必要上のことを言おうとしても自動的にブロックがかかります。そのつもりで聞いて下さい」

朝比奈さんは語った。

「時間というものは連続性のある流れのようなものでなく、その時間ごとに区切られた一つの平面を積み重ねたものなんです」

最初から解《わか》らない。

「ええと、そうね。アニメーションを想像してみて。あれってまるで動いているように見えるけど、本体は一枚一枚描《えが》かれた静止画でしかないですよね。時間もそれと同じで、デジタルな現象なの。パラパラマンガみたいなものと言ったほうが解りやすいかな」

「時間と時間との間には断絶があるの。それは限りなくゼロに近い断絶だけど。だから時間と時間には本質的に連続性がない」

「時間移動は積み重なった時間平面を三次元方向に移動すること。未来から来たわたしは、この時代の時間平面上では、パラパラマンガの途中《とちゅう》に描かれた余計な絵みたいなもの」

「時間は連続してないから、仮にわたしがこの時代で歴史を改変しようとしても、未来にそれは反映されません。この時間平面上のことだけで終わってしまう。何百ページもあるパラパラマンガの一部に余計な落書きをしても、ストーリーは変わらないでしょう？」

「時間はあの川みたいにアナログじゃないの。その一瞬《いっしゅん》ごとに時間平面が積み重なったデジタルな現象なの。解ってくれたかな」

俺はこめかみを押さえるべきかどうか迷ってから、やっぱり押さえることにした。

時間平面。デジタル。そんなことはわりかしどうでもいい。けど未来人って？

朝比奈さんはサンダル履《ば》きのつま先を眺《なが》めながら、

「わたしがこの時間平面に来た理由はね……」

二人の子供を連れた夫婦が俺たちの前に影《かげ》を落として歩いていく。

「三年前。大きな時間震動《しんどう》が検出されたの。ああうん、今の時間から数えて三年前ね。キョンくんや涼宮さんが中学生になった頃《ころ》の時代。調査するために過去に飛んだ我々は驚《おどろ》いた。どうやってもそれ以上の過去に遡《さかのぼ》ることが出来なかったから」

また三年前か。

「大きな時間の断層が時間平面と時間平面の間にあるんだろうってのが結論。でもどうしてその時代に限ってそれがあるのかは解らなかった。どうやらこれが原因らしいってことが解ったのはつい最近。……んん、これはわたしのいた未来での最近のことだけど」

「……何だったんです？」

まさかアレが原因なんじゃないだろうな、という俺の願いは聞き届けられなかった。

「涼宮さん」

朝比奈さんは、一番俺が聞きたくなかった言葉を言った。

「時間の歪《ゆが》みの真ん中に彼女がいたの。どうしてそれが解ったのかは訊《き》かないで。禁則事項《じこう》に引っかかるから説明出来ないの。でも確かよ。過去への道を閉《と》ざしたのは涼宮さんなのよ」

「……ハルヒにそんなことが出来るとは思えないんですが……」

「わたしたちだって思わなかったし、本当のこと言えば、一人の人間が時間平面に干《かん》渉《しょう》出来るなんて未《いま》だに解明出来ていないの。謎《なぞ》なんです。涼宮さんも自分がそんなことしてるなんて全然自覚してない。自分が時間を歪曲《わいきょく》させている時間震動の源だなんて考えてもいない。わたしは涼宮さんの近くで新しい時間の変異が起きないかどうかを監視《かんし》するために送られた……ええと、手頃《てごろ》な言葉が見つからないけど、監視係みたいなもの」

「…………」と俺。

「信じてもらえないでしょうね。こんなこと」

「いや……でも何で俺にそんなことを言うんです？」

「あなたが涼宮さんに選ばれた人だから」

朝比奈さんは上半身ごと俺のほうへと向き直って、

「詳《くわ》しくは言えない。禁則にかかるから。多分だけど、あなたは涼宮さんにとって重要な人。彼女の一挙手一投足にはすべて理由がある」

「長門や古泉は……」

「あの人たちはわたしと極めて近い存在です。まさか涼宮さんがこれだけ的確に我々を集めてしまうとは思わなかったけど」

「朝比奈さんはあいつらが何者か知ってるんですか？」

「禁則事項です」

「ハルヒのすることを放っておいたらどうなるんですか」

「禁則事項です」

「て言うか、未来から来たんだったらこれからどうなるか解りそうなもんなんですけど」

「禁則事項です」

「ハルヒに直接言ったらどうなんです」

「禁則事項です」

「…………」

「ごめんなさい。言えないんです。特に今のわたしにはそんな権限がないの」

申し訳なさそうに朝比奈さんは顔を曇《くも》らせ、

「信じなくてもいいの。ただ知っておいて欲しかったんです。あなたには」

似たようなセリフを先日も聞いたな。人の気配がしない静かなマンションの一室で。

「ごめんね」

黙《だま》りこくる俺にどういう感想を抱《いだ》いたのか、朝比奈さんは切なそうに目を潤《うる》ませた。

「急にこんなこと言って」

「それは別にいいんですが……」

自分が宇宙人に作られた人造人間だとか言い出す奴《やつ》がいたと思ったら今度は未来人の出現ですか。何をどうやったらそんなことが信じられるんだ？　よかったら教えて欲しい。

ベンチに手をついた拍子《ひょうし》に朝比奈さんと手が触《ふ》れ合った。小指しか触《さわ》ってないのに朝比奈さんは電流でも走ったみたいに大げさに手を引っ込めて、またうつむいた。

俺たちは黙って川面《かわも》を見つめ続けていた。

どれだけの時間が経過したことか。

「朝比奈さん」

「はい……？」

「全部、保留でいいですか。信じるとか信じないとかは全部脇《わき》に置いておいて保留ってことで」

「はい」

朝比奈さんは微笑《ほほえ》んだ。いい笑顔《えがお》です。

「それでいいです。今は。今後もわたしとは普通《ふつう》に接して下さい。お願いします」

朝比奈さんはベンチに三つ指をついて深々と頭を下げた。大げさな。

「一個だけ訊いていいですか？」

「何でしょう」

「あなたの本当の歳《とし》を教えて下さい」

「禁則事項です」

彼女はイタズラっぽく笑った。

その後、俺たちはひたすらに街をブラついて過ごした。ハルヒにはデートじゃないんだからと釘《くぎ》を刺《さ》されていたが、あんな話を聞いた後ではもうどうでもよくなっていた。俺と朝比奈さんはコジャレ系のブティックをウィンドーショッピングして回ったり、ソフトクリームを買って食いながら歩いたり、バッタモノのアクセサリーを往来に広げている露天商《ろてんしょう》を冷やかしたり……つまり普通のカップルのようなことをして時間を潰《つぶ》した。

これで手でも繋《つな》いでくれたら最高だったんだけどな。

携帯《けいたい》電話が鳴った。発信元はハルヒ。

『十二時にいったん集合。さっきの駅前のとこ』

切れた。腕《うで》時計を見ると十一時五十分。間に合うわけがねえ。

「涼宮さん？　何って？」

「また集まれだそうです。急いで戻《もど》ったほうがよさそうですね」

俺たちが腕でも組んで現れたらハルヒはどんな顔をするだろう。怒《おこ》り出すだろうか。カーディガンの前を合わせながら朝比奈さんは不思議そうに俺を見上げた。

十分ほど遅《おく》れて行くと開口一番、ハルヒは不機嫌《ふきげん》な面《つら》で、

「何かあった？」

「何も」

「本当に探してた？　ふらふらしてたんじゃないでしょうね。みくるちゃん？」

朝比奈さんはふるふると首を振《ふ》る。

「そっちこそ何か見つけたのかよ」

ハルヒは沈黙《ちんもく》する。その後ろで古泉が清涼感溢《せいりょうかんあふ》れる顔で頭をかき、長門はぼんやりと突《つ》っ立っていた。

「昼ご飯にして、それから午後の部ね」

まだやるつもりかよ。


ハンバーガーショップで昼飯を食っている最中《さなか》にハルヒはまたグループ分けをしようと言い出し、喫茶店《きっさてん》で使用した五本の爪楊枝《つまようじ》を取り出した。用意のいい奴だ。無造作に手を一閃《いっせん》させ、古泉が、

「また無印ですね」

「収穫《しゅうかく》は？」

白すぎる歯。こいつは笑ってばかりいるような気がするな。

「わたしも」

朝比奈さんがつまんだ楊枝《ようじ》を俺に見せた。

「キョンくんは？」

「残念ですが、印入りです」

ますます不機嫌な顔で、ハルヒは長門にも引くようにうながした。

クジの結果、今度は俺と長門有希の二人とその他三人という組み合わせになった。

「……」

印の付いていない己《おのれ》の爪楊枝を親の仇敵《きゅうてき》のような目つきで眺《なが》め、それから俺とチーズバーガーをちまちま食べている長門を順番に見て、ハルヒはペリカンみたいな口をした。

何が言いたい。

「四時に駅前で落ち合いましょう。今度こそ何かを見つけてきてよね」

シェイクをチュゴゴゴと飲み干した。

今度は北と南に別れることになり、俺たちは南担当。去り際《ぎわ》に朝比奈さんは小さく手を振ってくれた。心が温まるね。

そして今、俺は昼下がりの駅前で、喧噪《けんそう》の中に長門と並んで立ちつくしているわけだ。

「どうする」

「……」

長門は無言。

「……行くか」

歩き出すとついてくる。だんだんとこいつの扱《あつか》いにも慣れてきた。

「長門、この前の話だがな」

「なに」

「なんとなく、少しは信じてもいいような気分になってきたよ」

「そう」

「ああ」

「…………」

空虚《くうきょ》なオーラをまといながら俺たちは黙々《もくもく》と駅の周りを回り続けた。

「お前、私服持ってないのか」

「……」

「休みの日はいつも何してんのさ」

「……」

「今、楽しいか」

「……」

　ま、こんな感じか。

　いい加減に虚無《きょむ》的な行動を続けるのもしんどくなってきたので、俺は長門を図書館に誘《さそ》った。本館はもっと海べりにあるのだが、駅前が行政開発によって土地整備されたときに出来た新しい図書館である。本なんかほとんど借りたりしないから俺は入ったことがない。

　ソファでもあったら座って休もうと思っていたのだが、あるにはあるものの全部ふさがっていた。ヒマ人どもめ。他《ほか》に行くところがないのか。

　俺が憮然《ぶぜん》と館内を見渡《みわた》していると、長門はまるで夢遊病患者《かんじゃ》のようなステップでふらふらと本棚《ほんだな》に向かって歩き出した。放《ほう》っておこう。

　本は昔よく読んだ。小学校の低学年の頃《ころ》、母親が図書館で子供向けのジュブナイルを借りてきて俺にあてがったのを片端《かたはし》から読んでいた。ジャンルも何もまちまちだったが、それでも読む本すべてが面白《おもしろ》かったように記憶《きおく》している。何読んだかは忘れたけど。

　いつからかな。本を読まなくなったのは。読んでも面白いと思わなくなったのは。

俺は本棚から目に付いた本を抜《ぬ》いて、パラパラめくっては元に戻《もど》すことを繰《く》り返しながらこれだけの量の中から事前情報なしに面白い本を探すのは一苦労だなと考えながら棚の間をさまよった。

長門の姿を探すと、壁際《かべぎわ》のやたらでかくて分厚い本が立ち並んでいる棚の前でダンベルの代わりになりそうな本を立ち読みしていた。厚モノ好きだな、ほんと。

スポーツ紙を広げてふんぞり返っていたオッサンがソファを離《はな》れたのを見つけて、俺は適当に選んだノベルス本を抱《かか》えて空いたスペースに滑《すべ》り込んだ。

読む気もない本を読むのはさすがにノレず、瞬《また》く間に俺は睡魔《すいま》との闘《たたか》いを余儀《よぎ》なくされ、敵の圧倒《あっとう》的な波状攻撃《こうげき》にあっさり陥落《かんらく》、俺は速《すみ》やかに眠《ねむ》りに落ちた。

尻《しり》ポケットが振動《しんどう》した。

「おわ？」

飛び起きる。周囲の客が迷惑《めいわく》そうに俺を見て俺はここが図書館であることを思い出した。ヨダレをぬぐいつつ俺は館外に小走りで出た。

バイブレータ機能をいかんなく発揮していた携帯《けいたい》電話を耳に当てる。

『何やってんのこのバカ！』

金切り声が鼓膜《こまく》をつんざいた。おかげで頭がはっきりする。

『今何時だと思ってんのよ！』

「すまん、今起きたとこなんだ」

『はあ？　このアホンダラゲ！』

お前だけにはアホとは言われたくないな。

腕《うで》時計を見ると四時半を回っている。四時集合だったっけ。

『とっとと戻りなさいよ！　三十秒以内にね！』

無茶言うな。

乱暴に切られた携帯電話をポケットに戻して図書館に戻る。長門は簡単に見つかった。最初に見かけた棚の前を動かずに百科事典みたいな本を読みふけっていたからである。

そこからが一苦労だった。床《ゆか》に根を生やしたように動かない長門をその場から移動させるには、カウンターに行って長門の貸し出しカードを作ってその本を借りてやるまでの時間が必要で、その間にかかりまくってくるハルヒからの電話を俺はすべて無視した。

何だか難しい名前の外国人が著者の哲学《てつがく》書を大切そうに抱える長門を急《せ》かして駅前に戻って来た俺たちを、三人は三者三様の反応で出迎《でむか》えてくれた。

朝比奈さんは疲《つか》れ切った顔でため息混じりに微笑《ほほえ》んで、古泉の野郎《やろう》はオーバーアクションで肩《かた》をすくめ、ハルヒはタバスコを一気飲みしたような顔で、

「遅刻《ちこく》。罰金《ばっきん》」と言った。

またおごりかよ。


結局のところ、成果もへったくれもあるはずがなく、いたずらに時間と金を無駄《むだ》にしただけでこの日の野外活動は終わった。

「疲れました。涼宮さん、ものすごい早足でどんどん歩いていくんだもの。ついて行くのがやっと」

別れ際に朝比奈さんが言って息をついた。それから背伸《せの》びして俺の耳元に唇《くちびる》を近づけ、

「今日は話を聞いてくれてありがとう」

すぐに後ろに下がって照れて笑う。未来人ってのは皆《みな》こんなに優雅《ゆうが》に笑うものなのかね。

じゃ、と可愛《かわい》く会釈《えしやく》して朝比奈さんは立ち去った。古泉が俺の肩を軽く叩《たた》き、

「なかなか楽しかったですよ。いや、期待にたがわず面白い人ですね、涼宮さんは。あなたと一緒《いっしょ》に行動出来なかったのは心残りですが、またいずれ」

いやになるほど爽《さわ》やかな笑《え》みを残して古泉も退去、長門はとうの昔に姿を消していた。

一人残ったハルヒが俺を睨《にら》みつけ、

「あんた今日、いったい何をしてたの？」

「さあ。いったい何をしてたんだろうな」

「そんなことじゃダメじゃない！」

本気で怒《おこ》っているようだった。

「そう言うお前はどうなんだよ。何か面白いもんでも発見出来たのか？」

うぐ、と詰《つ》まってハルヒは下唇をかんだ。放っとくとそのまま唇を噛《か》みやぶらんばかりである。

「ま、一日やそこらで発見出来るほど、相手も無防備じゃないだろ」

フォローを入れる俺をジロリという感じで見て、ハルヒはつんと横を向いた。

「明後日《あさって》、学校で。反省会しなきゃね」

きびすを返し、それっきり振《ふ》り返ることもなくあっと言う間に人混みに紛《まぎ》れていく。

俺も帰らせてもらおうかと銀行の前まで行けば、自転車がなかった。かわりに「不法駐輪《ちゅうりん》の自転車は撤去《てっきょ》しました」と書かれたプレートが近くの電柱にかかっていた。

第五章

週明け、そろそろ梅雨《つゆ》を感じさせる湿気《しっけ》を感じながら登校すると着いた頃《ころ》には今までにも増して汗《あせ》みずくになった。誰《だれ》かこの坂道にエスカレータを付けるという公約を掲《かか》げて選挙に出る奴《やつ》はいないものか。将来選挙権を得たときにそいつに投票してやってもいい。

教室で下敷《したじ》きを団扇《うちわ》代わりにして首元から風を送り込んでいたら、珍《めずら》しく始業の鐘《かね》ギリギリにハルヒが入ってきた。

どすりと鞄《かばん》を机に投げ出し、

「あたしも扇《あお》いでよ」

「自分でやれ」

ハルヒは二日前に駅前で別れたときとまったく変化のない仏頂面《ぶっちょうづら》で唇を突《つ》き出していた。最近マシな顔になったと思っていたのに、また元《もと》に戻っちまった。

「あのさ、涼宮。お前『しあわせの青い鳥』って話知ってるか？」

った。

「それが何？」

「いや、まあ何でもないんだけどな」

「じゃあ訊《き》いてくんな」

ハルヒは斜《なな》め上を睨み、俺は前を向き、岡部教師がやって来てホームルームが始まった。


この日の授業中、不機嫌《ふきげん》オーラを八方に放射するハルヒのダウナーな気配がずっと俺の背中にプレッシャーを与《あた》えていて、いや、今日ほど終業のチャイムが福音《ふくいん》に聞こえた日はなかった。山火事をいち早く察知した野ネズミのように、俺は部室棟《とう》へと退《たい》避《ひ》する。

部室で長門が読書する姿は今やデフォルトの風景であり、もはやこの部屋と切り離《はな》せない固定の置物のようでもあった。

だから俺は、一足先に部室に来ていた古泉一樹にこのように言った。

「お前も俺に涼宮のことで何か話があるんじゃないのか？」

この場には三人しかいない。ハルヒは今週が掃除《そうじ》当番だし朝比奈さんはまだ来ていない。

「おや、お前も、と言うからにはすでにお二方からアプローチを受けているようですね」

古泉は、昨日図書館から借り出した本に顔を埋《うず》めている長門を一瞥《いちべつ》する。すべてを知ってるみたいな訳知り口調が気に入らない。

「場所を変えましょう。涼宮さんに出くわすとマズイですから」

古泉が俺を伴《ともな》って訪れた先は食堂の屋外テーブルだった。途中《とちゅう》で自販機《じはんき》のコーヒーを買って俺に手渡《てわた》し、丸いテーブルに男二人でつくのもアレだけども、この際仕方がない。

「どこまでご存じですか?」

「涼宮がただ者ではないってことくらいか」

「それなら話は簡単です。その通りなのでね」

これは何かの冗談《じょうだん》なのか? SOS団に揃《そろ》った三人が三人とも涼宮を人間じゃないみたいなことを言い出すとは、地球温暖化のせいで熱気にあてられてるんじゃねえのか。

「まずお前の正体から聞こうか」

宇宙人と未来人には心当たりがあるから、

「実は超能力《ちょうのうりょく》者でして、などと言うんじゃないだろうな」

「先に言わないで欲しいな」

古泉は紙コップをゆるゆると振って

「ちょっと違《ちが》うような気もするんですが、そうですね、超能力者と呼ぶのが一番近いかな。そうです、実は僕は超能力者なんですよ」

俺は黙《だま》ってコーヒーを飲んだ。減糖しておくべきだった。甘ったるい。

「本当はこんな急に転校してくるつもりはなかったんですが、状況《じょうきょう》が変わりましてね。よもやあの二人がこうも簡単に涼宮ハルヒと結託《けったく》するとは予定外でした。それまでは外部から観察しているだけだったんですけど」

ハルヒを珍しい昆虫《こんちゅう》か何かみたいに言うな。

俺の眉《まゆ》が寄ったのを見てとったか、

「どうか気を悪くしないで下さい。我々も必死なんですよ。涼宮さんに危害を加えたりはしませんし、むしろ我々は彼女を危機から守ろうとしているんですから」

「我々ってことは、お前の他《ほか》にもいっぱいいるのか。その超能力者とやらは」

「いっぱいってことはないですが、それなりには。僕は末端《まったん》なので正確には知りませんが、地球全土で十人くらいでしょう。その全員が『機関』に所属しているはずです」

『機関』と来たか。

「実体は不明です。構成員が何人いるのかも。トップにいる人たちがすべてを統括《とうかつ》しているそうですが」

「……それで、その『機関』なる秘密結社は何をする団体なんだ」

古泉はぬるくなったコーヒーで唇《くちびる》を湿《しめ》らせ、

「あなたの想像通りですよ。『機関』は三年前の発足《ほっそく》以来、涼宮ハルヒの監視《かんし》を最重要事項《じこう》にして存在しています。きっぱり言い切ってしまえば、涼宮さんを監視するためだけに発生した組織です。ここまで言えばそろそろお解《わか》りでしょうが、この学校にいる『機関』の手の者は僕だけではありません。何人ものエージェントがすでに潜入《せんにゅう》済みです。僕は追加要員としてここに来ました」

だしぬけに俺は谷口の顔を思い出した。ハルヒとは中学からずっと同じクラスであるとか言っていた。まさか、あいつも古泉と同種類の人間なのか？

「さあ、それはどうでしょう」

古泉はするりとしらばっくれ、

「しかしまあ、それなりの人員が涼宮さんの周りにいることは保証してもいいですよ」

どうしてみんなそんなにハルヒが好きなんだ。エキセントリックで居丈高《いたけだか》で周囲の迷惑《めいわく》を顧《かえり》みない自己中女のどこにそんな大げさな組織から狙《ねら》われるような要因があると言うんだ。見てくれがいいのは認めてやってていいが。

「今から三年前に何があったのかは解りません。僕に解るのは、三年前のあの日、突《とつ》然《ぜん》僕の身に超能力としか思えない力が芽生えたことですね。最初はパニックでしたよ。怖《こわ》い思いもずいぶんしましたしね。すぐに『機関』からお迎《むか》えが来て救われましたが、あのままではてっきり自分の頭がおかしくなったと思って自殺してたかもしれませんね」

その時から今までずっとお前の頭はおかしくなり続けなんじゃないか。

「ええ、その可能性もなくはない。しかし我々はもっと畏怖《いふ》すべき可能性を危惧《きぐ》しているのですよ」

自嘲《じちょう》的な笑《え》みと一緒《いっしょ》にコーヒーを飲み込んだ古泉は不意に真顔になった。

「あなたは、世界がいつから存在していると思いますか？」

えらくマクロな話に飛んだな。

「遥《はる》か昔にビッグバンとかいう爆発《ばくはつ》が起きてからじゃないのか」

「そういうことになってますね。ですが我々は一つの可能性として、世界が三年前から始まったという仮説を捨てきれないのですよ」

俺は古泉の顔を見返した。正気の沙汰《さた》とは思えんな。

「そんなわけがないだろ。俺は三年前より以前の記憶《きおく》だってちゃんとあるし、親だって健在だ。ガキの頃《ころ》にドブに落ちて三針縫《ぬ》った傷跡《きずあと》だってちゃんと残ってる。日本史で必死こいて覚えている歴史はどうなるんだよ」

「もし、あなたを含《ふく》める全人類が、それまでの記憶を持ったまま、ある日突然世界に生まれてきたのではないということを、どうやって否定するんですか？　三年前にこだわることもない。いまからたった五分前に全宇宙があるべき姿をあらかじめ用意されて世界が生まれ、そしてすべてがそこから始まったのではない、と否定出来る論拠《ろんきょ》などこの世のどこにもありません」

「……………」

「例えば、仮想現実空間を考えてみて下さい。あなたが脳に電極を埋《う》め込まれ、見ている映像や空気の匂《にお》いやテーブルを触《さわ》った感覚などが、全部直接脳に与《あた》えられている情報なのだとしたら、あなたはそれが本当の現実でないと気付くことはないでしょう。現実とは、世界とは意外に脆《もろ》いものなんです」

「……それはそれでいいことにしておこう。世界が三年前か五分前に始まったってのもまあいい。そこから何をどう捻《ひね》ったらハルヒの名前が出てくるんだ？」

「『機関』のお偉《えら》方は、この世界をある存在が見ている夢のようなものだと考えています。我々は、いやこの世界そのものがその存在にとっての夢にすぎないのではないかとね。なにぶん夢ですから、その存在にとって我々が現実と呼ぶ世界を創造したり改変したりすることなどは児戯《じぎ》にも等しいはずです。そして我々はそんなことの出来る存在の名を知っています」

丁寧語《ていねい》で落ち着いた喋《しゃべ》りのせいか古泉の顔つきは腹立たしいほど大人びて見えた。

「世界を自らの意思で創ったり壊《こわ》したり出来る存在――人間はそのような存在のことを、神、と定義しています」

……おい、ハルヒ。お前とうとう神様にまでされちまったぞ。どうすんだ。

「ですから『機関』の者は戦々恐々《せんせんきょうきょう》としているんですよ。万が一、この世界が神の不興を買ったら、神はあっさり世界を破壊《はかい》して一から創り直そうとするかもしれません。砂場に作った山の形が気に入らなかった子供のように。僕はいくら矛盾《むじゅん》に満ちた世の中だとは言え、この世界にそれなりの愛着を抱《いだ》いています。ですので、『機関』に協力しているというわけなんです」

「ハルヒに頼《たの》んでみたらどうだ、世界を壊すのはどうかやめて下さいってな。聞いてくれるかもしれないぞ」

「もちろん涼宮さんは自分がそのような存在であることには無自覚です。彼女はまだ本来の能力に気付いていない。我々は出来れば生涯《しょうがい》気付かないまま平穏《へいおん》無事な人生を送ってもらいたいと考えています」

ここでやっと古泉は元の笑みを取り戻《もど》した。

「言うならば彼女は未完成の神ですよ。自在に世界を操《あやつ》るまでにはなっていない。ただし未発達ながら、片鱗《へんりん》を見せるようにはなっています」

「どうして解る？」

「あなたは何故《なぜ》我々みたいな超能力《ちょうのうりょく》者や、あるいは朝比奈みくるや長門有希のような存在がこの世にいると思うんですか。涼宮さんがそう願ったからですよ」

宇宙人、未来人、異世界人、超能力者がいたら、あたしのところに来なさい。

最初に出会った教室の自己紹介《しょうかい》でハルヒが述べたセリフが蘇《よみがえ》る。

「彼女はまだ自覚的に神のごとき力を発揮出来はしない。無意識のうちに偶然《ぐうぜん》その力を行使しているにすぎません。しかしこの数ヶ月ほど、明らかに人知を超《こ》えた力が涼宮さんから放たれたことは解《わか》っています。その結果は、もう言うまでもありませんね。涼宮さんは朝比奈みくると出会い、長門有希に出会い、そして僕をも彼女の一団に加えてしまった」

俺だけ除《の》け者かよ。

「そうではありません。それどころか、あなたが一番の謎《なぞ》なんです。失礼とは思いましたが、あなたについては色々調べさせてもらいました。保証します、あなたは特別何の力も持たない普通《ふつう》の人間です」

ほっとしていいのか、悲しむべきなのか。

「解りませんね。ひょっとしたらあなたが世界の命運を握《にぎ》っているということも考えられます。これは我々からのお願いです。どうか涼宮さんがこの世界に絶望してしまわないように注意して下さい」

「ハルヒが神様だと言うのならな」と俺は提案した。「あいつを捕《つか》まえて解剖《かいぼう》でもして、頭の中の仕組みでも調べるなりなんなりしてみたらどうだ。手っ取り早く世界の仕組みが解るかもしれないぞ」

「そのように主張する強硬派《きょうこう》も、確かに『機関』には存在します」

あっさり古泉はうなずいた。

「ですが、軽々しく手を出すべきではないという意見で大勢は占《し》められています。もしうっかりと神の機嫌《きげん》を損《そこ》ねてしまうようなことがあれば、高確率で取り返しのつかないことになるでしょう。我々が望んでいるのは世界の現状維持《いじ》ですから、涼宮さんには平和な生活を送っていただけることを希望しています。ヘタを打てば、火鉢《ひばち》の中の焼《や》き栗《ぐり》を取ろうとして結果、火傷《やけど》をすることになるだけですよ」

「……いったいどうすりゃいいんだよ」

「それも解りません」

「もし、もしもだな、ハルヒがポックリ逝《い》っちまったら世界はどうなる？」

「さて、同時に世界も一瞬《いっしゅん》にして消滅《しょうめつ》するのか、神なき世界が続くのか、また新しい神が生まれるのか。誰《だれ》にも解りません。その時が来るまでね」

紙コップのコーヒーはすっかり冷たくなっていた。飲む気が失《う》せて、俺はそれをテ

ーブルの端《はし》に追いやると、

「超能力者とか言ったな」

「ええ、我々はまた違《ちが》う名称《めいしょう》をつけていますが、簡単に言えばそれで間違いないでしょう」

「だったら何か力を使って見せてくれよ。そうしたらお前の言うことを信用してやる。例えばこのコーヒーを元の熱さに戻すとか」

古泉は楽しそうに笑った。含《ふく》み笑い以外の笑《え》みを見るのはこれが最初かもしれない。

「すみません無理です。そういう解りやすい能力とはちょっと違うんです。それに普段の僕には何の力もありません。力を使えるのはいくつかの条件が重なって初めて出来ることなんです。お見せする機会もあるでしょう」

長々と話したりしてすみませんでした、今日はもう帰ります、と言って、古泉はにこやかにテーブルを離《はな》れた。

俺は軽快に去りゆく古泉の背中が見えなくなるまで見送って、ふと思いついて紙コップを手に取った。

言うまでもないかもしれないが。

当然、中身は冷たいままだった。

部室に戻ると朝比奈さんが下着姿で立っていた。

「……」

朝比奈さんはフリフリのエプロンドレスを手に持って、ドアノブを握ったまま佇《たたず》む俺をびっくりした猫《ねこ》のように丸い目で見つめて、ゆっくりと口を悲鳴の形に開いていく。

「失礼しました」

声を出される前に俺は踏《ふ》み出しかけていた足を元の位置に戻《もど》してドアを閉めた。幸いなことに悲鳴は聞かずにすんだ。

しまったな、ノックすべきだった。いや待て、着替《きが》えるんなら鍵《かぎ》くらいかけておいてくれよなあ。

網膜《もうまく》に映った白い裸身《らしん》を長期記憶《きおく》に移行すべきかどうか考えていると、内側から控《ひか》えめなノックの音。「どうぞ……」声も控えめだ。

「すみません」

「いえ……」

ドアを開けてくれた朝比奈さんの頭二つぶんくらい低いところにある旋毛《つむじ》を見つつ謝る俺に、朝比奈さんは目元をうっすらピンクに染めて、

「わたしこそ、いつも恥《は》ずかしいところばかり見せちゃって……」

全然けっこうです。

どうやらハルヒの注文を愚直《ぐちょく》に守っているらしい。朝比奈さんは例のメイド服を着込んでしきりと恥じらっていた。

やっぱり可愛《かわい》い。

このまま朝比奈さんと見つめ合っていたら、さっきの映像やら何やらが脳内でこんがらがって究極的にダメになりそうだったので、俺は理性を総動員してリビドーを迎撃《げいげき》、団長席に座ってパソコンのスイッチを入れた。

視線を感じて目を上げると長門有希が珍《めずら》しくこっちを眺《なが》めていて、眼鏡《めがね》のブリッジに手を添《そ》えてちょいと上げ、読書に戻る。奇妙《きみょう》なほど人間くさい仕草に見えた。

HTMLエディタを起動してホームページファイルを呼び出す。いつまでも代わり映えしないSOS団サイトをどうにかしようと思ったのだが、何をどう発展させればいいのか見当もつかない。いつも無駄《むだ》に時間を浪費《ろうひ》して嘆息《たんそく》とともにファイルを閉じるだけであり、だったらせんでもいいじゃないかという気もしつつ、何せヒマだからな。オセロも飽《あ》きたし。

腕《うで》を組んで呻吟《しんぎん》する俺の前に湯飲みが置かれた。メイド服の朝比奈さんが、にっこりして盆《ぼん》を掲《かか》げている。もうまるで本物のメイドさんに給仕されている気分。

「ども」

さっき古泉にコーヒーを奢《おご》られたばかりだが、当たり前だ、ありがたく頂戴《ちょうだい》する。

朝比奈さんはさらに長門にもお茶を配って、その隣《とな》りに座り、ふーふー冷ましながら煎茶《せんちゃ》を飲み始めた。


結局その日、ハルヒは部室に姿を現さなかった。


「昨日はどうして来なかったんだよ。反省会をするんじゃなかったのか？」

例によって例のごとし。朝のホームルーム前に後ろの席に話しかける俺である。

机に顎《あご》をつけて突《つ》っ伏《ぷ》していたハルヒは面倒《めんどう》くさそうに口を開いた。

「うるさいわね。反省会なら一人でしてたわよ」

訊《き》けばハルヒは土曜に三人で歩いたコースを、昨日学校が引けた後で一人で廻《めぐ》っていたのだと言う。

「見落としがあったんじゃないかと思って」

犯行現場に何度も足を運ぶ習性のあるのは刑事《けいじ》だけかと思っていたが。

「暑いし疲《つか》れた。衣替《ころもが》えはいつからなのかしら。早く夏服に着替えたいわ」

衣替えは六月からだ。あと一週間ほど五月は残っている。

「涼宮、前にも言ったかもしれないけどさ、見つけることも出来ない謎《なぞ》探しはすっぱり止《や》めて、普通《ふつう》の高校生らしい遊びを開拓《かいたく》してみたらどうだ」

ガバッと起きあがって睨《にら》みつけられる……ことを予想したのだが、あにはからんや、ハルヒはぐてっと頬《ほお》を机にくっつけたままだった。疲れているのは本当のようだ。

「高校生らしい遊びって何よ」

声にも潤《うるお》いがない。

「だから、いい男でも見つけて市内の散策ならそいつとやれよ。デートにもなって一石二鳥だろうが」

あの日の朝比奈さんとの語らいを思い出しながら俺はそう提案する。

「それにお前なら男には不自由しないぞ。その奇矯《ききょう》な性格を隠蔽《いんぺい》していればの話だが」

「ふんだ。男なんかどうでもいいわ。恋愛《れんあい》感情なんてのはね、一時の気の迷いよ、精神病の一種なのよ」

机を枕《まくら》にして窓の外へぼんやり視線を固定したまま、ハルヒは無気力に言った。

「あたしだってねー、たまーにだけどそんな気分になったりするわよ。そりゃ健康な若い女なんだし身体《からだ》をもてあましたりもするわ。でもね、一時の気の迷いで面倒ごとを背負い込むほどバカじゃないのよ、あたしは。それにあたしが男漁《あさ》りに精出すようになったらSOS団はどうなるの。まだ作ったばっかりなのに」

ほんと言うとまだ出来てもいないんだがな。

「何か適当なお遊びサークルにすればいい。そうすりゃ人も集まるぞ」

「いやよ」

一言で拒絶《きょぜつ》された。

「そんなのつまんないからSOS団を作ったのに。萌《も》えキャラと謎の転校生も入団させたのに。何も起こらないのは何故《なぜ》なのよ？　ああ、そろそろ何かパアッと事件の一つでも発生しないかな」

こんなに参っているハルヒを見るのも初めてだが、弱気になっている顔は割合可愛かった。笑わなくても普通の顔をしているだけで、こいつはけっこう見栄《みば》えがするんだ。つくづく、もったいない。

その後、午前の授業中のほとんどを、ハルヒは熟睡《じゅくすい》して過ごした。一度も教師に発見されなかったのは奇跡《きせき》……いや偶然《ぐうぜん》だろう、やはり。

だがこの時、奇《く》しくも事件はひそかに始まっていたのだ。パアッというほど派手じゃなかったからほとんど誰《だれ》も知らないうちに始まって、また終わった事件なのだが、少なくとも俺は朝のホームルームの時点で、そうだな、足首にまでその事件に浸《つ》かっていたんだ。

実はハルヒに話しかけながら、俺は一つの懸案事項《けんあんじこう》を抱《かか》えていた。その懸案は朝、俺の下駄箱《げたばこ》に入っていたノートの切れ端《はし》。

そこには、

『放課後誰もいなくなったら、一年五組の教室に来て』

と、明らかな女の字で書いてあった。

どう解釈《かいしゃく》するか、脳内人格を結集して会議を開く必要がある。まず一人目が「前にも同じようなことがあったよな」と言っている。しかしこれはあの栞《しおり》に書いてあった長門の字とは明らかに違《ちが》う。あの自称《じしょう》宇宙人モドキの字は機械のように綺麗《きれい》だったが、この紙切れの字はいかにも女子高生が書きそうな丸味を帯びている。それに長門なら下駄箱にメッセージを入れるなんて率直な手は使わないだろう。すると二人目が「朝比奈みくるってセンはないか」と言い出した。それもどうかと思う。千切ったノートの切れっ端にこんな時間指定もない伝言をよこすとは思えない。そうだな、朝比奈さんだったらちゃんとした封筒《ふうとう》と便箋《びんせん》で書いてくれるであろう。それに一年五組などと俺の教室を場所に指定しているのもおかしい。「ハルヒなら?」と三人目。ますますありえん。あいつならいつかのように階段の踊《おど》り場《ば》まで強引《ごういん》に引っ張って行って話をつけるだろう。似たような理由で古泉説も却下《きゃっか》。四人目がとうとう「じゃあ見も知らない第三の人物からのラブレター」。ラブレターかどうかはさておき、呼び出しを告げる連絡《れんらく》文書であることは確かだ。相手が女とは限らないが。「のぼせるなよ。谷口と国木田あたりのとびっきりジョークかもしれないぜ」。そうだな、その可能性が最も理解しやすい。いかにもアホの谷口がやりそうな頭の悪いギャグの匂《にお》いがプンプンする。が、だったらもっとディテールに凝《こ》るような気もするのだが。

そんなことを考えながら俺はワケもなく校内を練り歩いた。ハルヒは体調不十分を理由に早々に帰宅しちまった。好都合と言えば好都合だ。

俺はいったん部室に行くことにした。あまり早く五組に戻《もど》って、それこそ誰もいない教室で誰とも知れない奴《やつ》を待っているのも業腹《ごうはら》だし、待っている最中に谷口がやって来て、「よう、どんだけ待った？　あんな紙切れ一枚でひょいひょいやって来るとは、お前も単純だなゲラゲラ」とか言われるともっとシャクに障《さわ》る。時間を潰《つぶ》してから教室をひょいと覗《のぞ》いて、誰もいないことを確認してさっさと帰ろう。うむ、完璧《かんぺき》な作戦だ。

一人うなずきながら歩いている間に部室の前までたどり着いた。ノックを忘れない。

「はーい、どうぞ」

朝比奈さんの返答を確認して俺はドアを開ける。朝比奈さんのメイド姿はいつ何回見ても可憐《かれん》だ。

「遅《おそ》かったんですね。涼宮さんは？」

お茶を煎《い》れてくれる姿も様になっている。

「帰りました。何だか疲《つか》れ気味のようでしてね。逆襲《ぎゃくしゅう》するなら今ですよ、弱ってる最中みたいだから」

「そんなの、しませんよー」

長門が読書に情熱を傾《かたむ》ける姿を背景に、俺たちは向かい合ってお茶を飲んだ。また元の無目的な同好会未満になっている感じ。

「古泉は来てないんですか？」

「古泉くんね、さっきちょっと顔を見せたんだけど、アルバイトがあるからって帰っちゃった」

何のバイトなんだかな。ま、この様子ではここにいる二人が手紙の主ではなさそうだ。

他《ほか》にすることもないので俺と朝比奈さんは途切《とぎ》れがちの会話の合間にオセロをして、三戦全勝を俺が飾《かざ》り、次いでネットに繋《つな》いで二人してニュースサイトをぐるぐる回っていると長門がパタリと本を閉じ、最近はそれを部活終了《しゅうりょう》の合図にしている俺たちは帰り支度《じたく》を始めた。もうまったく何を活動しているのか解《わか》らない。

着替《きが》えるから先に帰ってて、という朝比奈さんのお言葉に甘えて俺は部室を飛び出した。

時計は五時半あたりを指している。教室に残っている生徒など一人としていまい。谷口だって痺《しび》れを切らして帰っちまってる時間だろう。それでも俺は二段飛ばしで階段を駆《か》け上がり、校舎の最上階を目指した。何事にも万が一ということがある。だろ？

人気《ひとけ》の絶《た》えた廊下《ろうか》で、俺は深呼吸一つ。窓は磨《す》りガラスなので中の様子はうかがえないが、西日でオレンジ色に染まっていることだけは解る。俺はことさら何でもなさそうに一年五組の引き戸を開けた。

誰《だれ》がそこにいようと驚《おどろ》くことはなかったろうが、実際にそこにいた人物を目にして俺はかなり意表をつかれた。まるで予想だにしなかった奴が黒板の前に立っていたからだ。

「遅いよ」

朝倉涼子が俺に笑いかけていた。

清潔そうなまっすぐの髪《かみ》を揺《ゆ》らして、朝倉は教壇《きょうだん》から降りた。プリーツスカートから伸《の》びた細い脚《あし》と白いソックスがやけに目に付く。

教室の中程《なかほど》に進んで歩みを止め、朝倉は笑顔《えがお》をそのままに誘《さそ》うように手を振《ふ》った。

「入ったら？」

引き戸に手をかけた状態で止まっていた俺は、その動きに誘われるように朝倉に近寄る。

「お前か……」

「そ。意外でしょ」

くったくなく笑う朝倉。その右半身が夕日に紅《あか》く染まっていた。

「何の用だ？」

わざとぶっきらぼうに訊《き》く。くつくつと笑い声を立てながら朝倉は、

「用があることは確かなんだけどね。ちょっと訊きたいことがあるの」

俺の真正面に朝倉の白い顔があった。

「人間はさあ、よく『やらなくて後悔《こうかい》するよりも、やって後悔したほうがいい』って言うよね。これ、どう思う？」

「よく言うかどうかは知らないが、言葉通りの意味だろうよ」

「じゃあさあ、たとえ話なんだけど、現状を維持《いじ》するままではジリ貧《ひん》になることは解ってるんだけど、どうすれば良い方向に向かうことが出来るのか解らないとき。あなたならどうする？」

「なんだそりゃ、日本の経済の話か？」

俺の質問返しを朝倉は変わらない笑顔で無視した。

「とりあえず何でもいいから変えてみようと思うんじゃない？　どうせ今のままでは何も変わらないんだし」

「まあ、そういうこともあるかもしれん」

「でしょう？」

手を後ろで組んで、朝倉は身体《からだ》をわずかに傾けた。

「でもね、上の方にいる人は頭が固くて、急な変化にはついていけないの。でも現場はそうもしてられない。手をつかねていたらどんどん良くないことになりそうだから。だったらもう現場の独断で強硬《きょうこう》に変革を進めちゃってもいいわよね？」

何を言おうとしているんだ？　ドッキリか？　俺は掃除《そうじ》用具入れにでも谷口が隠れてるんじゃないかと思って教室を見渡《みわた》した。隠れやすそうな所は、あと教卓《きょうたく》の中とか。

「何も変化しない観察対象に、わたしはもう飽《あ》き飽きしてるのね。だから……」

キョロキョロするのに気を取られて、俺はあやうく朝倉の言うことを聞き漏《も》らすところだった。

「あなたを殺して涼宮ハルヒの出方を見る」

惚《ほう》けているヒマはなかった。後ろ手に隠されていた朝倉の右手が一閃《いっせん》、さっきまで俺の首があった空間を鈍《にぶ》い金属光が薙《な》いだ。

猫《ねこ》を膝《ひざ》に抱《だ》いて背中を撫《な》でているような笑顔で、朝倉は右手のナイフを振りかざした。軍隊に採用されてそうな恐《おそ》ろしげなナイフだ。

俺が最初の一撃《いちげき》をかわせたのはほとんど僥倖《ぎょうこう》だ。その証拠《しょうこ》に俺は無様に尻餅《しりもち》をついて、しかもアホ面《づら》で朝倉の姿を見上げている。マウントポジションを取られたら逃《に》げようがない。慌《あわ》ててバッタみたいに跳《と》びすさる。

なぜか朝倉は追ってこない。

……いや、待て。この状況《じょうきょう》は何だ？　なんで俺が朝倉にナイフを突《つ》きつけられねばならんのか。待て待て、朝倉は何と言った？　俺を殺す？　ホワイ、なぜ？

「冗談《じょうだん》はやめろ」

こういうときには常套句《じょうとうく》しか言えない。

「マジ危ないって！　それが本物じゃなかったとしてもビビるって。だから、よせ！」

もうまったくワケが解らない。解る奴《やつ》がいたらここに来い。そして俺に説明しろ。

「冗談だと思う？」

朝倉はあくまで晴れやかに問いかける。それを見ているとまるで本気には見えない。笑顔でナイフを向けてくる女子高生がいたら、それはとても怖《こわ》いと思う。と言うか、確かに今俺はめっちゃ怖い。

「ふーん」

朝倉はナイフの背で肩《かた》を叩《たた》いた。

「死ぬのっていや？　殺されたくない？　わたしには有機生命体の死の概念《がいねん》がよく理解出来ないけど」

俺はそろそろと立ち上がる。冗談、シャレだよな、これ。本気だったらシャレですまされんが。だいたい信じられるわけがないだろ。別に泥沼《どろぬま》化したあげくこっぴどく振った女でもなくクラスでもロクに喋《しゃべ》りゃしない真面目《まじめ》な委員長に刃物《はもの》で斬《き》りつけられるなんて、本気の出来事だと思えるわけがない。

だが、もしあのナイフが本物だったなら、とっさに避《よ》けなければ俺は今頃《いまごろ》血だまりの中に沈《しず》んでいたに違《ちが》いないだろう。

「意味が解《わか》らないし、笑えない。いいからその危ないのをどこかに置いてくれ」

「うん、それ無理」

無邪気《むじゃき》そのもので朝倉は教室で女子同士かたまっているときと同じ顔で微笑《ほほえ》んだ。

「だって、わたしは本当にあなたに死んで欲しいのだもの」

ナイフを腰《こし》だめに構えた姿勢で突っ込んで来た。速い！　が、今度は俺にも余裕《よゆう》があった。朝倉が動く前に脱兎《だっと》のごとく走り出し、教室から逃げだそう——として、俺は壁《かべ》に激突《げきとつ》した。

？？？？

ドアがない。窓もない。廊下《ろうか》側に面した教室の壁は、まったくの塗《ぬ》り壁さながらにネズミ色一色で染まっていた。

ありえない。

「無駄《むだ》なの」

背後から近づいてくる声。

「この空間は、わたしの情報制御《せいぎょ》下にある。脱出路《だっしゅつろ》は封鎖《ふうさ》した。簡単なこと。この惑《わく》星《せい》の建造物なんて、ちょっと分子の結合情報をいじってやればすぐに改変出来る。今のこの教室は密室。出ることも入ることも出来ない」

振《ふ》り返る。夕日すら消えている。校庭側の窓もすべてコンクリートの壁に置き換《か》わっていた。知らないうちに点灯していた蛍光灯《けいこうとう》が寒々しく並んだ机の表面を照らしている。

嘘《うそ》だろ？

薄《うす》い影《かげ》を床《ゆか》に落としながら朝倉がゆっくりと歩いてくる。

「ねえ、あきらめてよ。結果はどうせ同じことになるんだしさあ」

「……何者なんだ、お前は」

何回見ても壁は壁でしかない。立て付けの悪かった引き戸も磨《す》りガラスの窓も何もない。それとも、どうかしちまったのは俺の頭のほうなのか。

俺はじりじりと机の間をぬって朝倉から少しでも離《はな》れようとする。しかし朝倉は一直線に俺に向かってきた。机が勝手に動いて朝倉の進路を妨害《ぼうがい》しないようにしているのに比べて、俺の下がる先には必ず机が一団になっている。

おっかけっこは長くは続かず、俺はたちまちのうちに教室の端《はし》に追いやられた。

こうなったら。

椅子《いす》を持ち上げて思い切り投げつけてやった。椅子は朝倉の手前で方向転換《てんかん》すると横に飛んで、落ちた。そんなアホな。

「無駄。言ったでしょう。今のこの教室はすべてわたしの意のままに動くって」

待て待て待て待て。

何だこれは。何なんだこれは。冗談でもシャレでも俺か朝倉の頭が変になったわけでもないとしたら、いったいこれは何だ。

あなたを殺して涼宮ハルヒの出方を見る。

またハルヒか。人気者だな、ハルヒ。

「最初からこうしておけばよかった」

その言葉で俺は身体《からだ》を動かせなくなっているのを知る。アリかよ！　反則だ。

足が床から生える木にでもなったみたいに微動《びどう》だにしない。手もパラフィンで固められたみたいに上がらない。それどころか指一本動かせない。下を向いた状態で固定された俺の視線に朝倉の上履《うわば》きが入ってきた。

「あなたが死ねば、必ず涼宮ハルヒは何らかのアクションを起こす。多分、大きな情報爆発《ばくはつ》が観測出来るはず。またとない機会だわ」

知らねえよ。

「じゃあ死んで」

朝倉がナイフを構える気配。どこを狙《ねら》ってるんだろう。頸動脈《けいどうみゃく》か、心臓か。解っていれば少しは心構えも出来るんだが。せめて目を閉じ……れない。なんつうこっちゃ。

空気が動いた。ナイフが俺に降ってくる。

その時。

天井《てんじょう》をぶち破るような音とともに瓦礫《がれき》の山が降ってきた。コンクリートの破片が俺の頭にぶつかって痛《いて》えなこの野郎《やろう》！　降り注ぐ白い石の雨が俺の身体を粉まみれにして、このぶんじゃ朝倉も粉だらけだろう、しかし確認しようにも身体がピクリとも…

……あれ、動く。

顔を上げた俺は見た。何を？

俺の首筋に今にも触《ふ》れようとしているナイフの切っ先とナイフの柄《え》を逆手《さかて》に握《にぎ》って驚《おどろ》きの表情で静止する朝倉とナイフの刃《は》を素手《すで》で握りしめている——素手でだぜ——長門有希の小柄《こがら》な姿だった。

「一つ一つのプログラムが甘い」

長門は平素と変わらない無感動な声で、

「天井部分の空間閉鎖《へいさ》も、情報封鎖も甘い。だからわたしに気づかれる。侵入《しんにゅう》を許す」

「邪魔《じゃま》する気？」

対する朝倉も平然たるものだった。

「この人間が殺されたら、間違《まちが》いなく涼宮ハルヒは動く。これ以上の情報を得るにはそれしかないのよ」

「あなたはわたしのバックアップのはず」

長門は読経《どきょう》のような平坦《へいたん》な声で、

「独断専行は許可されていない。わたしに従うべき」

「いやだと言ったら？」

「情報結合を解除する」

「やってみる？　ここでは、わたしのほうが有利よ。この教室はわたしの情報制御空間」

「情報結合の解除を申請《しんせい》する」

言うが早いか、長門の握ったナイフの刃が煌《きら》めき出した。紅茶に入れた角砂糖のように、微小《びしょう》な結晶《けっしょう》となってサラサラとこぼれ落ちていく。

「！」

ナイフを離して朝倉はいきなり五メートルくらい後ろにジャンプした。それを見て俺は、
ああ、この二人本当に人間じゃないみたいだな、とか悠長《ゆうちょう》なことを思った。

一気に距離《きょり》を稼《かせ》いだ朝倉は教室の後ろにふわりと着地。微笑《ほほえ》みは変わりない。

空間がぐにゃりと歪《ゆが》んだ。としか言いようがない。朝倉も机も天井も床《ゆか》もまとめて揺《ゆ》らぎ、液体金属のように変化する様が見て取れたが、よくは見えない。

ただその空間そのものが槍《やり》のように凝縮《ぎょうしゅく》する、と思った瞬間《しゅんかん》には長門のかざした掌《てのひら》の前で結晶が爆発したことだけが解《わか》った。

間髪《かんはつ》置かず、長門の周囲で次々と結晶の粉が炸裂《さくれつ》しては舞《ま》い落ちる。空間を凝《こご》めた槍状の武器が視認不可能な速度で俺たちを襲《おそ》い、長門の手が同様の速度でそのすべて

を迎撃《げいげき》していることに気付いたのは、しばらくたってからのことだった。

「離れないで」

長門は朝倉の攻撃《こうげき》を弾《はじ》きながら片手で俺のネクタイをつかんで引き下ろし、俺は屈《かが》み込んだ長門の背中に乗っかるような体勢で膝《ひざ》をついた。

「うわっ！」

俺の頭を見えない何かがかすめて黒板を粉々に叩《たた》き潰《つぶ》した。

長門がチラリと上を見上げる。その刹那《せつな》、天井から氷柱が生えて朝倉の頭上に降り注ぐ。残像だけを残す高速移動。天井色の氷柱が床に何十本ともなく突《つ》き立って林を作る。

「この空間ではわたしには勝てないわ」

まったくの余裕《よゆう》の表情で朝倉は佇《たたず》んでいる。数メートルの間を挟《はさ》んで長門と対峙《たいじ》。

俺はと言うと、情けないことに腰《こし》が立たず、床にへばりついていた。

長門は俺の頭をまたいで立っていた。生真面目《きまじめ》にも上履きの横に小さく名前を書いているのがこいつらしい。小説の朗読をするような口調で長門は何かを呟《つぶや》いた。こう聞こえた。

「ＳＥＬＥＣＴシリアルコードＦＲＯＭデータベースＷＨＥＲＥコードデータＯＲＤＥＲ ＢＹ攻性情報戦闘《せんとう》ＨＡＶＩＮＧターミネートモード。パーソナルネーム朝倉涼子を敵性と判定。当該《とうがい》対象の有機情報連結を解除する」

教室の中はもうまともな空間ではなくなっていた。何もかもが幾何《きか》学模様と化して湾曲《わんきょく》し、渦《うず》を巻いて躍《おど》っている。見ていると酔《よ》いそうだ。まるで遊園地のビックリハウスに乗っているような視覚効果。目が回る。

「あなたの機能停止のほうが早いわ」

極彩色《ごくさいしき》の蜃気楼《しんきろう》の陰《かげ》に隠《かく》れた朝倉の声がどこから聞こえてくるのか全然解らない。

ヒュン、と風切り音。

長門のかかとが俺を思い切り蹴《け》飛ばした。

「なにす」

る、と言いかけた俺の鼻先を見えない槍が通過、床がめくれ返る。

「そいつを守りながら、いつまで持つかしら。じゃあ、こんなのはどう？」

次の瞬間、俺の前に立ちはだかった長門の身体《からだ》が一ダースほどの茶色の槍に貫《つらぬ》かれていた。

「…………」

つまり、朝倉は俺と長門に向かって同時に多方向から攻撃を加え、そのうちのいくつかを結晶化して無効にしたものの、迎撃しきれなかった槍が俺を襲い、俺を守るために長門は自分の身体を使用した、ということだったのだが、この時の俺にはそんなこと知るよしもなかった。

長門の顔から眼鏡《めがね》が落ちて、床で小さく跳《は》ねた。

「長門！」

「あなたは動かないでいい」

胸から腹にかけてビッシリと突き刺《さ》さった槍を一瞥《いちべつ》して長門は平然と言った。

鮮血《せんけつ》が長門の足許に小さな池を作り始めている。

「へいき」

いや、ちっとも平気には見えねえって。

長門は眉《まゆ》一つ動かさずに身体に生えた槍を引き抜《ぬ》いて床に落とした。乾《かわ》いた音を立てて転がった血まみれの槍は、数瞬ののちに生徒机へと姿を変える。槍の正体はそれか。

「それだけダメージを受けたら他の情報に干渉《かんしょう》する余裕はないでしょ？　じゃ、とどめね」

揺らぐ空間の向こうに、朝倉の姿が見え隠れする。笑っている。両手が静かに上がり——俺の見間違《みまちが》いでなければ、指先から二《に》の腕《うで》までがまばゆい光に包まれて二倍ほどに伸《の》びた。いや、二倍どころか——。

「死になさい」

朝倉の腕が、さらに伸び、触手《しょくしゅ》のようにのたくって突出《とっしゅつ》、左右からの同時攻撃、動けない長門の小柄《こがら》な身体が揺れ……。俺の顔に赤くて温かい液体が飛び散った。

右の脇腹《わきばら》に突き立った朝倉の左腕と、左胸を貫いた右腕が、背中を突き破《やぶ》って教室の壁《かべ》をもぶち抜いてようやく止まっていた。

長門の身体から吹《ふ》き出した血が白い足をつたって床の血溜《ちだ》まりの幅《はば》を拡大させていく。

「終わった」

ポツリと言って、長門は触手を握《にぎ》った。何も起こらない。

「終わったって、何のこと？」

朝倉は勝ちを確信したかのような口調。

「あなたの三年あまりの人生が？」

「ちがう」

これだけの重傷を負いながら長門は何もなかったように言った。

「情報連結解除、開始」

いきなりだ。

教室のすべてのものが輝《かがや》いたかと思うと、その一秒後にはキラキラした砂となって崩《くず》れ落ちていく。俺の横にあった机も細かい粒子《りゅうし》に変じて、崩壊《ほうかい》する。

「そんな……」

天井《てんじょう》から降る結晶《けっしょう》の粒《つぶ》を浴びながら、今度こそ朝倉は驚愕《きょうがく》の様子だった。

「あなたはとても優秀《ゆうしゅう》」

長門の体中に刺さった槍《やり》も砂になる。

「だからこの空間にプログラムを割り込ませるのに今までかかった。でももう終わり」

「……侵入《しんにゅう》する前に崩壊因子を仕込んでおいたのね。どうりで、あなたが弱すぎると思った。あらかじめ攻性《こうせい》情報を使い果たしていたわけね……」

同じく結晶化していく両腕を眺《なが》めながら朝倉は観念したように言葉を吐《は》いた。

「あーあ、残念。しょせんわたしはバックアップだったかあ。膠着《こうちゃく》状態をどうにかするいいチャンスだと思ったのにな」

朝倉は俺を見てクラスメイトの顔に戻《もど》った。

「わたしの負け。よかったね、延命出来て。でも気を付けてね。統合思念体は、この通り、一枚岩じゃない。相反する意識をいくつも持ってるの。ま、これは人間も同じだけど。いつかまた、わたしみたいな急進派が来るかもしれない。それか、長門さんの操《あやつ》り主が意見を変えるかもしれない」

朝倉の胸から足はすでに光る結晶に覆《おお》われていた。

「それまで、涼宮さんとお幸せに。じゃあね」

音もなく朝倉は小さな砂場となった。一粒一粒《ひとつぶ》の結晶はさらに細かく分解、やがて目に見えなくなるまでになる。

さらさら流れ落ちる細かいガラスのような結晶が降る中、朝倉涼子という女子生徒はこの学校から存在ごと消滅《しょうめつ》した。

とすん、と軽い音がして、俺はそっちへ首をねじ曲げ、長門が倒《たお》れているのを発見して慌《あわ》てて立ち上がった。

「おい！　長門、しっかりしろ、今救急車を、」

「いい」

目を見開いて天井を見上げながら長門は、

「肉体の損傷はたいしたことない。正常化しないといけないのは、まずこの空間」

砂の崩落《ほうらく》が止まっていた。

「不純物を取り除いて、教室を再構成する」

見る間に一年五組が見慣れた一年五組へと、元通りに、そうだな、まるでビデオの逆回しだな、いつもの教室に戻っていく。

白い砂から黒板が、教卓《きょうたく》が、机が生まれて、放課後教室を出た時と同じ場所に並んでいく光景は、何と言えばいいんだろうな。こうして生で見ていなければ良く出来た

ＣＧだと思ったろうな。

壁だったところに窓枠《まどわく》が出来て、すうっと透明化《とうめい》して窓ガラスとなる。西日がオレンジ色に俺と長門を彩色《さいしょく》した。試しに自分の机の中を調べてみたら、ちゃんと入れたままにしておいたものがそのまま入っている。俺の体中に散った長門の血もいつしか消えている。たいしたもんだ。魔法《まほう》としか思えない。

俺はまだ寝《ね》ている長門の脇《わき》に屈《かが》み込んだ。

「本当にだいじょうぶなのか？」

確かにどこにもケガがあるように見えない。あれだけ突《つ》き刺《さ》さっていたら制服も穴だらけだと思ったが、そんなものは一つもなかった。

「処理能力を情報の操作と改変に回したから、このインターフェースの再生は後回し。今やってる」

「手を貸そうか」

俺の伸《の》ばした手に、案外素直にすがりついた。上体を起こしたところで、

「あ」

わずかに唇《くちびる》を開いた。

「眼鏡《めがね》の再構成を忘れた」

「……してないほうが可愛《かわい》いと思うぞ。俺には眼鏡属性ないし」

「何でもない。ただの妄言《もうげん》だ」

「そう」

こんなどうでもいい会話をしている場合ではなかったのである。後々俺は、とことん悔《く》やむことになる。長門を置き去りにしてでも、さっさとこの場を立ち去るべきだったかと。

「ういーす」

ガサッに戸を開けて誰《だれ》かが入ってきた。

「わっすれーもの、忘れ物ー」

自作の歌を歌いながらやって来たそいつは、よりにもよって谷口だった。

まさか谷口もこんな時間に教室に誰かがいるとは思わなかっただろう。俺たちがいるのに気づいてギクリと立ち止まり、しかるのちに口をアホみたいにパカンと開けた。

この時、俺はまさに長門を抱《だ》き起こそうとするモーションに入ったばかりだった。その静止画をみたら、逆に押し倒そうとしているとも思えなくもない体勢なわけで。

「すまん」

聞いたこともない真面目《まじめ》な声で谷口は言うとザリガニのように後ろへ下がり、戸も閉めないで走り去った。追うヒマもなかった。

「面白《おもしろ》い人」と長門。

俺は盛大なため息をついた。

「どうすっかなー」

「まかせて」

俺の手にもたれ掛《か》かったまま動くことなく長門は言った。

「情報操作は得意。朝倉涼子は転校したことにする」

そっちかよ！

などとツッコンでいる場合ではない。唐突《とうとつ》に俺は愕然《がくぜん》とした。よく考えたら俺はとんでもない体験をしてしまったんじゃないか？　この前に長門が延々と語ったデンパ話、トンチキな妄想《もうそう》語りを信じるとか信じないとかいう問題ではない。半信半疑とも言ってられん。さっきの出来事は本気のヤバさとは何かを俺に実感させてくれた。マジで死ぬかと思った。長門が天井《てんじょう》から落ちてこなければ、確実に俺は朝倉によって強制昇天《しょうてん》させられていただろう。ぐにゃぐにゃした教室の光景も、バケモノじみた姿になった朝倉も、それをどうやってか消滅《しょうめつ》させてしまった長門の無感動さも、それらはすべてリアルに俺の身へと降り注いだことだった。

これじゃ、長門が本格的に宇宙人か何かの関係者であることを納得せざるを得ないではないか。

おまけに、このままでは俺はこのイカレタ状況《じようきよう》の当事者になってしまう。冒頭《ぼうとう》に言ったとおり、俺は巻き込まれ型の傍観者《ぼうかん》でいたいのだ。脇役《わきやく》で充分《じゆうぶん》なのだ。なのに、これではまるで俺が主人公みたいじゃねえか。確かに俺は宇宙人みたいな奴《やつ》が出てくる物語の登場人物になりたいとかつて思っていたが、本当に自分がそんなキャラになってしまうとなると話は別だ。

はっきり言や、困る。

何かしらの問題に直面して困っている奴に横から半笑いで適当なアドバイスをするような、そんな役割を俺は望んでいたのだ。こんな俺自身がクラスメイトに命を狙《ねら》われるような、不条理な展開は願い下げにしたい。本当の話、俺はまだ人生に執着《しゆうちやく》があるのだ。

オレンジ色に染められた教室で、俺はしばし唖然《あぜん》としたまま硬化《こうか》していた。長門の体重を感じさせない身体《からだ》を支えたままで。

これは……いったいどうしたものだろう？　俺は何を思えばいいんだ？　呆《ほう》けていたおかげで俺は、とっくに再生とやらが終了《しゆうりよう》した長門が無表情に見上げていることにも気付かずじまいだった。

翌日、クラスに朝倉涼子の姿はなかった。

当たり前と言えば当たり前のことなのだが、それを当たり前だと思っているのはどうやら俺だけであり、岡部担任が、

「あー、朝倉くんだがー、お父さんの仕事の都合で、急なことだと先生も思う、転校することになった。いや、先生も今朝聞いて驚《おどろ》いた。なんでも外国に行くらしく、昨日のうちに出立したそうだ」

と、あまりにも嘘《うそ》くさいことをホームルームで言ったときも、「えーっ？」「何でーっ？」と主に女子どもが騒《さわ》ぎ立て、男子連中も、ザワ……ザワ……と顔を見合わせ、岡部教師も首をひねっていたわけなのだが、もちろんこの女も黙《だま》っていたりはしなかった。

ごん、と俺の背中を拳《こぶし》で突《つ》いて、

「キョン。これは事件だわ」

すっかり元気を取り戻《もど》した涼宮ハルヒが目を輝《かがや》かせていた。

どうする？　本当のことを言うか？

実は朝倉は情報統合思念体なる正体不明の存在に作られた長門の仲間で、なんか知らんが仲間割れして、その理由が俺を殺すか殺さないかで、なぜ俺かと言うとハルヒの情報がどうのこうので、あげくの果てに長門によって砂に変えられてしまいました、

とさ。

言えるわけねえ。つーか俺が言いたくない。あれはすべて俺の幻覚《げんかく》だったと思っていたいくらいなのだ。

「謎《なぞ》の転校生が来たと思ったら、今度は理由も告げずに転校していく女子までいたのよ。何かあるはずよ」

勘《かん》の良さを褒《ほ》めてやるべきなのだろうか。

「だから親父《おやじ》の仕事の都合なんだろ」

「そんなベタな理由は認めらんない」

「認めるも認めないも、転校の理由で一番ポピュラーなのはそれだろうよ」

「でもおかしいでしょ。いくら何でも昨日の今日よ。転勤の辞令から引《ひ》っ越《こ》しまで一日もないって、どんな仕事よ、それ」

「娘《むすめ》に知らせてなかったとか……」

「あるわけないわよ、そんなの。これは調査の必要ありね」

仕事の都合というのは言い訳で本当は夜逃《よに》げだったんじゃないかとか言おうとしたがやめておいた。それが真実でないのは俺が一番よく知っている。

「SOS団として、学校の不思議を座視するわけにはいかないわ」

やめてくれ。

昨日の事件は俺に徹底《てってい》的な変革を要求せしめた。なにしろ、マジモノの超常《ちょうじょう》現象を目《ま》の当たりにしてしまったのだから、それをなかったことにするには、俺の目か頭かのどちらかがどうにかしていたか、この世界そのものが実はおかしかったのか、実は俺は長々と夢を見続けているのかの、どれかを選ばなくてはならなくなってしまった。

そして俺はこの世界が非現実のシロモノだとは、どうしても思うことが出来ないでいるのだ。

まったく、人生の転機が訪れるには、十五年と数ヶ月は少々早すぎの気がしやしないか？

なんで俺は高一にして、世界の在り方などという哲学《てつがく》的な命題に直面しなければならないのだろう。そんなもん、俺が考える事ではないはずだ。これ以上、余計な仕事を増やさないで欲しい。

そうでなくとも、俺はまたまた懸案事項《けんあんじこう》を抱《かか》えているんだからな。

第六章

その懸案事項は封筒《ふうとう》の形をして昨日に引き続き俺の下駄箱《げたばこ》に入っていた。なんだろう、下駄箱に手紙を入れるのが最近の流行なのか？

しかし今度のブツは一味違《ちが》うぞ。二つにおったノートの切《き》れ端《はし》の名無しではない。少女マンガのオマケみたいな封筒の裏にちゃんと名前が記入されている。几帳面《きちょうめん》なその文字は、俺の目がどうにかしているのでもない限り、

朝比奈みくる

と、読めた。

封筒を一動作でブレザーのポケットに収めた俺が男子トイレの個室に飛び込んで封《ふう》を切ったところ、印刷された少女キャラのイラストが微笑《ほほえ》む便箋《びんせん》の真ん中に、

『昼休み、部室で待ってます　みくる』

昨日あんな目にあったおかげで、俺の人生観と世界観と現実感はまとめてバレルロールを描《えが》きつつ現在アクロバット中だ。

ほいさと出かけて行って、また生命の危機に直面するのは御免《ごめん》こうむりたい。

しかしここで行かないわけにはいくまい。誰《だれ》あろう、朝比奈さんの呼び出しである。この手紙の主が朝比奈さんであると断言する根拠《こんきょ》はないが、俺はさっぱり疑わなかった。いかにもこんな回りくどいことをしそうな人だし、可愛《かわい》らしいレターセットにいそいそとペンを走らせている光景はまさしく彼女に似つかわしいじゃないか。それに昼休みの部室なら、長門もいるだろうし、何かあればあいつがなんとかしてくれるさ。情けないとか言わんでくれ。こちとら一介《いっかい》の通常な男子高生に過ぎないんだからよ。

四時限が終わるや俺は、休み時間の間から意味深な視線を送ってくる谷口に話しかけられたり一緒《いっしょ》に弁当食べようと国木田が近寄ったり職員室行って朝倉の引っ越し先を調べようとかハルヒが言い出す前に、弁当も持たずに教室から脱出《だっしゅつ》した。部室まで早歩き。

まだ五月だと言うのに照りつける陽気はすでに夏の熱気、太陽は特大の石炭でもくべられたみたいに嬉《うれ》しそうにエネルギーを地球へ注いでいる。今からこれじゃ夏本番になると日本は天然のサウナ列島になるんじゃないだろうか。歩いているだけで汗《あせ》でパンツのゴムが濡《ぬ》れてくる。

三分とかからず、俺は文芸部の部室前に立つ。とりあえずノック。

「あ、はーい」

確かに朝比奈さんの声だった。間違《まちが》いない。俺が朝比奈さんの声を聞き間違えるわけがない。どうやら本物だ。安心して、入る。

長門はいなかった。それどころか朝比奈さんもいなかった。

校庭に面した窓にもたれるようにして、一人の女性が立っていた。白いブラウスと黒のミニタイトスカートをはいている髪《かみ》の長いシルエット。足許《あしもと》は来客用のスリッパ。

その人は俺を見ると、顔中に喜色を浮《う》かべて駆《か》け寄り、俺の手を取って握《にぎ》りしめた。

「キョンくん……久しぶり」

朝比奈さんじゃなかった。朝比奈さんにとてもよく似ている。本人じゃないかと錯《さっ》覚《かく》するほど似ている。実際、本人としか思えない。

でもそれは朝比奈さんではなかった。俺の朝比奈さんはこんなに背が高くない。こんなに大人っぽい顔をしていない。ブラウスの布地を突《つ》き上げる胸が一日にして三割増しになったりはしない。

俺の手を胸の前で捧《ささ》げ持って微笑んでいるその人は、どうやったって二十歳前後だろう。中学生のような朝比奈さんとは雰囲気《ふんいき》が違う。しかしそれでもなお、彼女は朝比奈さんとウリ二つだった。何もかもが。

「あの……」

俺はとっさに思いつく。

「朝比奈さんのお姉さん……ですか？」

その人は可笑《おか》しそうに目を細めて肩《かた》を震《ふる》わせた。笑った顔まで同じだ。

「うふ、わたしはわたし」と彼女は言った。

「朝比奈みくる本人です。ただし、あなたの知ってるわたしより、もっと未来から来ました。……会いたかった」

俺はバカみたいな顔をしていたに違いない。そうだ、確かに目の前の女性が今から何年後かの朝比奈さんだと言われると一番すっきりする。朝比奈さんが大人になったらこんな感じの美人になるだろうなというそのまんまな美人がここにいた。ついでに言うと身長も伸《の》びてさらにグラマー度がアップしている。まさかここまでになるとは。

「あ、信用してないでしょ？」

その秘書スタイルの朝比奈さんはいたずらっぽく言うと、

「証拠《しょうこ》を見せてあげる」

やにわにブラウスのボタンを外しだした。第二ボタンまでを外してしまうと、面食らう俺に向けて胸元《むなもと》を見せつけ、

「ほら、ここに星形のホクロがあるでしょう？　付けボクロじゃないよ。触《さわ》ってみ

る?」

左の胸のギリギリ上に確かにそんな形のホクロが艶《なま》めかしく付いていた。白い肌《はだ》に一つだけ浮かんだアクセント。

「これで信じた?」

信じるも何も、俺は朝比奈さんのホクロの位置なんか覚えちゃいない。そんな際《きわ》どい部分までを見ることが出来たのは、バニーガールのコスプレをしていた時と、不可《ふか》抗力《こうりょく》で着替《きが》えを覗《のぞ》いてしまった時くらいだが、どっちにしたってそこまで細かいところを観察などしていない。俺がその旨《むね》を伝えると、魅惑《みわく》の大人朝比奈さんは、

「あれ? でもここにホクロがあるって言ったのキョンくんだったじゃない。わたし、自分でも気づいてなかったのに」

不思議そうに首を傾《かし》げ、次に彼女は驚《おどろ》きに目を見開き、それから急激に赤くなった。

「あ……やだ、今……あっ、そうか。この時はまだ……うわ、どうしよっ」

シャツの前をはだけたまま、その朝比奈さんは両手で頰《ほお》を包んで首を振《ふ》った。

「わたし、とんでもない勘《かん》違いを……ごめんなさい! 今の忘れて下さい!」

そう言われてもなあ。それより早くボタンとめてくれないかな。どこ見たらいいのか迷います。

「解《わか》りました。とにかく信じますから。今の俺はたいていのことは信じてしまえるよ

うな性格を獲得《かくとく》したので」

「は？」

「いえ、こちらの話です」

まだ赤らむ頰を押さえていた年齢不詳《ねんれいふしょう》の朝比奈さんは、どうしてもそっちに吸い寄せられてしまう俺の目線に気づいて、慌《あわ》ててボタンをとめた。居住まいを正し、こほんと乾《かわ》いた咳《せき》を一つ落として、

「この時間平面にいるわたしが未来から来たって、本当に信じてくれました？」

「もちろん。あれ、そしたら今、二人の朝比奈さんがこの時代にはいるってことですか？」

「はい。過去の……わたしから見れば過去のわたしは、現在教室でクラスメイトたちとお弁当中です」

「そっちの朝比奈さんはあなたが来ていることを……」

「知りません。実際知りませんでしたし。だってそれ、わたしの過去だもの」

なるほど。

「あなたに一つだけ言いたいことがあって、無理を言ってまたこの時間に来させてもらったの。あ、長門さんには席を外してもらいました」

長門のことだから、この朝比奈さんを見ても瞬《まばた》き一つしなかったことだろう。

「……朝比奈さんは長門のことを知ってるんですか？」

「すみません。禁則事項《じこう》です。あ、これ言うのも久しぶりですね」

「俺は先日聞いたばかりですが」

そうでした、と自分の頭をぽかりと叩《たた》いて朝比奈さんは舌を出した。こんなところは間違《まちが》いようもなく朝比奈さんである。

が、急に真面目《まじめ》な顔になると、

「あまりこの時間にとどまれないの。だから手短に言います」

もう何でも言ってくれ。

「白雪姫《ひめ》って、知ってます？」

俺は今や背丈《せたけ》のそう変わらない朝比奈さんを見つめた。ちょっと潤《うる》みがちの黒い瞳《ひとみ》。

「そりゃ知ってますけど……」

「これからあなたが何か困った状態に置かれたとき、その言葉を思い出して欲しいんです」

「七人の小人とか魔女《まじょ》とか毒リンゴとかの、あれですか？」

「そうです。白雪姫の物語を」

「困った状態なら昨日あったばかりですが」

「それではないんです。もっと……そうですね、詳《くわ》しくは言えないけど、その時、あなたの側《そば》には涼宮さんもいるはずです」

俺と？　ハルヒが？　揃《そろ》ってやっかいごとに巻き込まれるって？　いつ、どこで。

「……涼宮さんはそれを困った状況《じょうきょう》とは考えないかもしれませんが……あなただけじゃなくて、わたしたち全員にとって、それは困ることなんです」

「詳しく教えてもらうわけには――いかないんでしょうね」

「ごめんなさい。でもヒントだけでもと思って。これがわたしの精一杯《せいいっぱい》」

大人朝比奈さんはちょっと泣きが入っている顔をした。ああ、確かに朝比奈さんだな、これは。

「それが白雪姫なんですか」

「ええ」

「覚えておきますよ」

俺がうなずくと朝比奈さんは、もうちょっとだけ時間があります、と言って、懐かしそうに部室を見渡《みわた》し、ハンガーラックにかかっていたメイド服を手にして愛《いと》おしげに撫《な》でた。

「よくこんなの着れたなあ、わたし。今なら絶対ムリ」

「今の格好もＯＬのコスプレみたいですよ」

「ふふ、制服を着るわけにはいかなかったから、ちょっと教師風にしてみました」

何を着ても似合う人というのはいるものだ。試しに訊《き》いてみる。

「ハルヒには他《ほか》にどんな衣装を着せられたんです？」

「内緒《ないしょ》。恥《は》ずかしいもん。それに、そのうち解るでしょう？」

スリッパをペタペタ鳴らしながら朝比奈さんは俺の目の前に立つと、妙《みょう》に潤んだ目とまだ少し赤い頬で、

「じゃあ、もう行きます」

もの問いたげに、朝比奈さんは真正面から俺を見つめ続ける。唇《くちびる》が何かを求めるように動き、俺はキスでもしたほうがいいのかなと思って朝比奈さんの肩《かた》を抱《だ》こうとして——逃《に》げられた。

ひょいと身をひねった朝比奈さんは、

「最後にもう一つだけ。わたしとはあまり仲良くしないで」

鈴虫《すずむし》のため息のような声。

出入り口に走った朝比奈さんに、俺は声をかけた。

「俺も一つ教えて下さい！」

ドアを開こうとしてピタリと止まる朝比奈さんの後ろ姿。

「朝比奈さん、今、歳《とし》いくつ？」

巻き毛を翻《ひるがえ》して朝比奈さんは振《ふ》り返った。見る者すべてを恋《こい》に落としそうな笑顔《えがお》だ

った。

「禁則事項です」

ドアが閉まった。多分、追いかけていっても無駄《むだ》なんだろうな。

はー、それにしても朝比奈さんがあんなに美人になるとは、と考えて、俺は先ほど彼女が最初に言ったセリフを思い出した。何と言った？「久しぶり」。この言葉が表す意味は一つしかない。つまり朝比奈さんは長らく俺に会っていなかったのだ。と言うことは。

「そうか。そうだよな」

未来人であるところの朝比奈さんは、遠からず元いた時代に戻《もど》ってしまうのだ。それから何年も経《た》って再び相まみえたのが、つまり今さっきなのだ。

いったい彼女にとってどれくらいの時間が経過していたのだろうか。あの成長ぶりから見ると、五年……三年くらいか。女ってのは高校を出ると劇的に変化するからな。それまで秀才《しゅうさい》タイプの目立たない女だったのに大学に入った途端《とたん》にサナギから羽化《うか》したブラジル蝶《ちょう》みたいになってしまった従姉妹《いとこ》を思い浮《う》かべて、そういやそもそも朝比奈さんの実年齢《じつねんれい》を知らないな、本当に十七ってことはないと思うのだが。

腹が減った。教室に戻ろう。

「…………」

長門有希が冷凍《れいとう》保存したような普段《ふだん》通りの顔で入ってきた。ただし、眼鏡《めがね》はない。

ガラス越《ご》しではない生の視線が直接俺を射抜《いぬ》く。

「よお、来るとき朝比奈さんに良く似た人とすれ違《ちが》わなかったか」

冗談《じょうだん》交じりに言った言葉に長門は、

「朝比奈みくるの異時間同位体。朝に会った」

衣擦《きぬず》れの音をまったく立てずに長門はパイプ椅子《いす》に座りテーブルの上で本のページを広げた。

「今はもういない。この時空から消えたから」

「ひょっとしてお前も時間移動とか出来るのか？　その情報ナントカ体も」

「わたしには出来ない。でも時間移動はそんなに難しいことではない。今の時代の地球人はそれに気づいていないだけ。時間は空間と同じ。移動するのは簡単」

「コツを教えてもらいたいね」

「言語では概念《がいねん》を説明出来ないし理解も出来ない」

「そうかい」

「そう」

「そりゃ、しょうがないな」

「ない」

山びこと会話しているようなむなしさを感じ、俺は今度こそ教室に戻ることにした。飯食う時間あるかな。

「長門、昨日はありがとよ」

無機質な表情がほんの少しだけ動いた。

「お礼ならいい。朝倉涼子の異常動作はこっちの責任。不手際《ふてぎわ》」

前髪《まえがみ》がわずかに動いた。

ひょっとして頭を下げたのだろうか。

「やっぱり眼鏡はないほうがいいぞ」

返答はなかった。


なんとか超《ちょう》特急でオカズだけでも食おうと弁当の待ちわびる教室の前で、俺はハルヒの妨害《ぼうがい》にあい、ついに食いっぱぐれることになった。これも運命というやつなのだろう。すでに諦観《ていかん》の域に達しつつある俺である。

どうやら廊下《ろうか》で俺を待っていたらしいハルヒは、苛立《いらだ》たしげに、

「どこ行ってたのよ！　すぐ帰ってくると思ってご飯食べないで待ってたのに！」

そんな心から怒《おこ》るんじゃなくて幼馴染《おさななじ》みが照《て》れ隠《かく》しで怒っている感じで頼《たの》む。

「アホなことほざいてないで、ちょっとこっち来て」

俺の腕《うで》をとって関節技《わざ》を決めたハルヒはまた俺を薄暗《うすぐら》い階段の踊《おど》り場《ば》へと拉致《らち》した。

とにかく腹が減っていた。

「さっき職員室で岡部に聞いたんだけどね、朝倉の転校って朝になるまで誰《だれ》も知らなかったみたいなのよ。朝イチで朝倉の父親を名乗る男から電話があって急に引《ひ》っ越《こ》すことになったからって、それもどこだと思う？　カナダよカナダ。そんなのあり？　胡散臭《うさんくさ》すぎるわよ」

「そうかい」

「それであたし、カナダの連絡《れんらく》先を教えてくれって言ったのよ。友達のよしみで連絡したいからって」

まともに口をきいたこともないくせに。

「そしたらどうよ、それすら解《わか》らないって言うのよ？　普通《ふつう》引っ越し先くらい伝えるでしょ。これは何かあるに違いないわ」

「ねえよ」

「せっかくだから引っ越し前の朝倉の住所を訊《き》いてきた。学校が終わったら、その足で行くことにするわ。何か解るかもしれない」

相変わらず人の話を聞かない奴《やつ》だ。

ま、別に止めないことにする。無駄骨《むだぼね》を折るのはハルヒであって、俺ではない。

「あんたも行くのよ」

「なんで？」

ハルヒは肩《かた》を怒《いか》らせ、火炎《かえん》を吹《ふ》く前の怪獣《かいじゅう》のように呼気を吸い上げ、廊下にまで届くような大声で叫《さけ》んだ。

「あんたそれでもSOS団の一員なの！」


ハルヒの伝言を仰《おお》せつかった俺はその場を這々《ほうほう》の体《てい》で退散し、部室へと取って返すと長門に今日は俺もハルヒも部室には来ないことを伝え、それを朝比奈さんと古泉が放課後に来たら教えるように言い、しかしこの寡黙《かもく》な宇宙人だけではどんな伝言ゲームの結果になるか知れたものではなかったので、部室に余っていた藁半紙《わらばんし》のビラの裏に「SOS団、本日自主休日　ハルヒ」とマジックで書いてドアに画鋲《がびょう》で留めた。

古泉はともかく朝比奈さんがメイド服に着替《きが》える手間くらいは省いてあげるべきだろう。

そんなことをしていたおかげで、俺は徹底《てってい》的に空腹のまま、五限の始まりの鐘《かね》を聞く羽目になった。合間の休み時間に食ったけどな。

女子と肩を並べて下校する、なんてのは実に学生青春ドラマ的で、俺だってそういう生活を夢に見なかったかと言うと嘘《うそ》になる。俺は現在その夢を実現させているわけなのだが、ちっとも楽しくないのはどうしたことだろう。

「何か言った？」

俺の左隣《ひだりどな》りでメモを片手に大またで歩いているハルヒが言った。俺には、「何か文句あるの？」とでも言ってるように思える。

「いや何も」

坂をずんずんと下って私鉄の線路沿いを歩いている。もう少し行けば光陽園駅だ。そろそろ長門の住んでるマンションだなと思っていたら、ハルヒは本当にその方角を目差し、ついに見覚えのある新築の分譲《ぶんじょう》マンションの前で止まった。

「ここの505号室に住んでいたみたい」

「なるほどね」

「何がなるほどよ」

「いや何でも。それよりどうやって入るつもりだ。玄関《げんかん》も鍵《かぎ》付きだぜ」

と、俺はインターフォン横のテンキーの存在を教えてやる。

「あれで数字を入力して開ける仕組みだろ。お前ナンバー知ってんのか？」

「知らない。こういうときは持久戦ね」

何を待つというのか、と思っていたら、そう待つこともなかった。買い物に行くらしいオバサンが中から扉《とびら》を開けて、棒立ちしている俺たちを気味悪そうに眺《なが》めながら出て行き、その扉が閉まりきらないうちにハルヒがつま先を押し込んでストッパー代わりにする。

あまりスマートな手口とは言えないな。

「早く来なさいよ」

引きずり込まれるようにして俺はマンションの玄関ホールに立っていた。ちょうど一階に止まっていたエレベータに乗り込む。黙《だま》って階数表示を見つめるのがマナーだ。

「朝倉なんだけど」

どうやらハルヒはそんなマナーなどおかまいなしのようだ。

「おかしなことがまだあるのよね。朝倉って、この市内の中学から北高《きた》に来たんじゃないらしいのよ」

そりゃまあそうだろうが。

「調べてみたらどこか市外の中学から越境入学《えっきょう》してたわけ。絶対おかしいでしょ。別に北高は有名進学校でもなんでもない、ただのありふれた県立高校よ。なんでわざわざそんなことするわけ？」

「知らん」

「でも住居はこんなに学校の近くにある。しかも分譲よ、このマンション。賃貸じゃないのよ。立地もいいし、高いのよ、ここ。市外の中学へここから通っていたの？」

「だから、知らん」

「朝倉がいつからここに住んでたのか調べる必要があるわね」

五階に到着《とうちゃく》し、５０５号室の前で俺たちはしばらく物言わぬ扉を眺めた。あったかもしれない表札は今は抜《ぬ》き取られ、無言で空き部屋であることを示している。ハルヒがノブを捻《ひね》っていたが、当然開くはずもなく。

どうにかして中に入れないかと腕《うで》を組むハルヒの横で俺はあくびをかみ殺していた。我ながら時間の無駄《むだ》なことをしていると思う。

「管理人室に行きましょ」

「鍵貸してくれるとは思えないけどな」

「そうじゃなくて、朝倉がいつからここに住んでたのか聞くためよ」

「あきらめて帰ろうぜ。そんなん解《わか》ったところでどうしようもないだろ」

「ダメ」

俺たちはエレベータで一階に取って返し、玄関ホール脇《わき》の管理人室へと向かった。ガラス戸の向こうは無人だったが、壁《かべ》のベルを鳴らすと、ややあって白髪《はくはつ》をふさふさとさせた小さな爺《じい》さんがゆっくりゆっくり現れた。

爺さんが何かを言うより早く、

「あたしたちここに住んでた朝倉涼子さんの友達なんですけど、彼女ったら急に引《ひ》っ越《こ》しちゃって連絡《れんらく》先とか解んなくて困ってるんです。どこに引っ越すとか聞いてませんか？　それからいつから朝倉さんがここに入ってたのかそれも教えて欲しいんです」

こういう常識的な口調も出来るのかと俺が感嘆《かんたん》していると、耳の遠いらしい管理人に何度も「えっ？」「えっ？」と訊《き》き返されながら、ハルヒは朝倉一家の突然《とつぜん》の引っ越しは管理人たる自分にも寝耳《ねみみ》に水だったこと（引っ越し屋が来た様子もないのに部屋が空っぽになっておって度肝《どぎも》を抜かれたわ）、朝倉がいたのは三年ほど前からだったこと（めんこいお嬢《じょう》さんがわしんとこに和菓子《わがし》の折《お》り詰《づ》めを持ってきたから覚えておる）、ローンはなく一括《いっかつ》ニコニコ現金払《ばら》いだったこと（えれえ金持ちだと思ったもんだて）、などを首尾《しゅび》良く聞き出していた。探偵《たんてい》にでもなればいい。

爺さんはうら若き乙女《おとめ》と会話することがよほど楽しいらしく、

「そう言えばお嬢さんのほうはたびたび目にしたが、両親さんとはついぞ挨拶《あいさつ》した覚えもないのー」

「涼子さんと言うのかね、あの娘《むすめ》さんは。気だての良い、いい子だったのー」

「せめて一言別れを言いたかったのに、残念なことよのー。ところであんたもなかなか可愛《かわい》い顔しとるのー」

とか、もはやジジイの繰《く》り言《ごと》の様相を呈《てい》してきて、ハルヒもこれ以上の情報提供は得られないと判断したのか、

「ご丁寧《ていねい》にありがとうございました」

模範《もはん》的なお辞儀《じぎ》をして、俺をうながした。うながされるまでもなく、俺はハルヒに遅《おく》れてマンションを後にする。

「少年、その娘さんは今にきっと美人になる。取り逃《に》がすんじゃないぞー」

追ってくるジジイの声が余計だ。ハルヒの耳にも届いたはずで、それに何かのリアクションがあるかとビクビクしていたがハルヒは何をコメントすることもなくずんずんと歩き続け、見習って俺もノーコメントを選択《せんたく》し、玄関《げんかん》から数歩歩いたところで、コンビニ袋《ぶくろ》と学生鞄《かばん》を提《さ》げた長門に出くわした。いつもは下校時間まで部室に残っているのが通例なのにこの時間にここにいるということは、あれから間もなくこいつも学校を出たのだろう。

「あら、ひょっとしてあんたもこのマンションなの？　奇遇《きぐう》ねえ」

白皙《はくせき》の表情で長門はうなずいた。どう考えても奇遇じゃないだろ。

「だったら朝倉のこと、何か聞いてない？」

否定の仕草。

「そう。もし朝倉のことで解ったら教えてよね。いい？」

肯定《こうてい》の動作。

俺は缶詰《かんづめ》や総菜のパックが入っているコンビニ袋を見ながら、こいつも飯食うんだなとか考えてた。

「眼鏡《めがね》どうしたの？」

その問いには直接答えず、長門はただ俺を見た。見られても困る。ハルヒもまともな回答が返ってくるとはハナから思っていなかったようだ。肩《かた》をすくめ後も見ずに歩き出す。俺は片手をヒラヒラと振《ふ》って長門に別れの意を表明し、すれ違《ちが》いざま、長門は俺にだけ聞こえる小声で言った。

「気をつけて」

今度は何に気をつければいいんだか、それを訊こうと振り返る前に、すでに長門はマンションに吸い込まれていた。

ローカル線の線路沿いを歩いていくハルヒの二、三歩後に俺は位置し、目的地不明のウォーキングに付き従っている。このままでは俺の自宅から離《はな》れるばかりなので、ハルヒにこれからどこに行くつもりなのかを尋《たず》ねてみた。

「別に」

答えが返ってきた。俺はハルヒの後頭部を眺《なが》めたまま、

「俺、もう帰っていいか？」

いきなり立ち止まるもんだから、もう少しでつんのめるところだった。ハルヒは長門みたいな無感動な白い顔を俺に向け、

「あんたさ、自分がこの地球でどれだけちっぽけな存在なのか自覚したことある？」

何を言い出すんだ。

「あたしはある。忘れもしない」

線路沿いの県道、そのまた歩道の上で、ハルヒは語り始めた。

「小学生の、六年生の時。家族みんなで野球を見に行ったのよ球場まで。あたしは野球なんか興味なかったけど。着いて驚《おどろ》いた。見渡《みわた》す限《かぎ》り人だらけなのよ。野球場の向こう側に米粒《こめつぶ》みたいな人間がびっしり蠢《うごめ》いているの。日本の人間が残らずこの空間に

集まっているんじゃないかと思った。でね、親父に聞いてみたのよ。ここにはいったいどれだけ人がいるんだって。満員だから五万人くらいだろうって親父は答えた。試合が終わって駅まで行く道にも人が溢《あふ》れかえっていたわ。それを見て、あたしは愕然《がくぜん》としたの。こんなにいっぱいの人間がいるように見えて、実はこんなの日本全体で言えばほんの一部に過ぎないんだって。家に帰って電卓《でんたく》で計算してみたの。日本の人口が一億数千ってのは社会の時間に習っていたから、それを五万で割ってみると、たった二千数百分の一。あたしはまた愕然とした。あたしなんてあの球場にいた人混みの中のたった一人でしかなくて、あれだけたくさんに思えた球場の人たちも実は一つかみでしかないんだってね。それまであたしは自分がどこか特別な人間のように思ってた。家族といるのも楽しかったし、なにより自分の通う学校の自分のクラスは世界のどこよりも面白《おもしろ》い人間が集まっていると思っていたのよ。でも、そうじゃないんだって、その時気付いた。あたしが世界で一番楽しいと思っているクラスの出来事も、こんなの日本のどこの学校でもありふれたものでしかないんだ。日本全国のすべての人間から見たら普通《ふつう》の出来事でしかない。そう気付いたとき、あたしは急にあたしの周りの世界が色あせたみたいに感じた。夜、歯を磨《みが》いて寝《ね》るのも、朝起きて朝ご飯を食べるのも、どこにでもある、みんながみんなやってる普通の日常なんだと思うと、途《と》端《たん》に何もかもがつまらなくなった。そして、世の中にこれだけ人がいたら、その中にはちっとも普通じゃなく面白い人生を送っている人もいるんだ、そうに違いないと思ったの。それがあたしじゃないのは何故《なぜ》？　小学校を卒業するまで、あたしはずっとそんなことを考えてた。考えていたら思いついたわ。面白いことは待っててもやってこないんだってね。中学に入ったら、あたしは自分を変えてやろうと思った。待ってるだけの女じゃないことを世界に訴《うった》えようと思ったの。実際あたしなりにそうしたつもり。でも、結局は何もなし。そうやって、あたしはいつの間にか高校生になってた。少しは何かが変わるかと思ってた」

まるで弁論大会の出場者みたいにハルヒは一気にまくしたて、喋《しゃべ》り終えると喋ったことを後悔《こうかい》するような表情になって天を仰《あお》いだ。

電車が線路を走り抜《ぬ》け、その轟音《ごうおん》のおかげで俺は、ここはツッコムべきなのか何か哲学《てつがく》的な引用でもしてごまかしたほうがいいのか、考える時間を得た。ドップラー効果を残して遠くへ去っていく電車を意味もなく見送って、

「そうか」

こんなことくらいしか言えない自分がちょっと憂鬱《ゆううつ》だ。ハルヒは電車が巻き起こした突風《とっぷう》で乱れた髪《かみ》を撫《な》でつけ、

「帰る」

と言って、もと来た方向へ歩き出した。俺もどっちかと言えばそっちから帰ったほうが早く帰れるんだが。しかしハルヒの背中は無言で「ついてくんな！」と言っているような気がして、俺はただひたすらに、ハルヒの姿が見えなくなるまで——その場に立ちつくしていた。

何をやってるんだろうね。

自宅に戻《もど》ると、門の前で古泉一樹が俺を待っていた。

「こんにちは」

十年前からの友人みたいな笑顔《えがお》がそらぞらしい。制服に通学鞄《かばん》という完璧《かんぺき》な下校途《と》中《ちゅう》スタイルで、馴《な》れ馴れしく手を振《ふ》りながら、

「いつぞやの約束を果たそうかと思いまして。帰りを待たせてもらいました。意外に早かったですね」

「俺がどこに行ってたのか知ってるみたいな話し方だな」

スマイルゼロ円みたいな笑みをたたえた古泉は、

「少しばかりお時間を借りていいでしょうか。案内したいところがあるんですよ」

「涼宮がらみで？」

「涼宮さんがらみで」

俺は自宅の扉《とびら》を開けると玄関《げんかん》に鞄を置き、ちょうど奥から出てきた妹に、ちょっと遅《おそ》くなるかもしれないことを告げ、また古泉のところへ取って返し、その数分後には車上の人となっていた。

ありえないくらいのタイミングの良さで通りかかったタクシーを古泉が止め、俺と奴《やつ》を乗せた車は国道を東へと向かっている。乗り際《ぎわ》に古泉が口にした地名は、県外にある大都市のものであり、電車で行ったほうが遥《はる》かに安上がりに違《ちが》いないのだが、どうせ払《はら》いはこいつ持ちだ。

「ところで、いつぞやの約束って何だっけ」

「超能力《ちょうのうりょく》者ならその証拠《しょうこ》を見せてみろとおっしゃったでしょう？　ちょうどいい機会が到来《とうらい》したもんですから、お付き合い願おうと思いまして」

「わざわざ遠出する必要があるのか？」

「ええ。僕が超能力者的な力を発揮するには、とある場所、とある条件下でないと。今日これから向かう場所が、いい具合に条件を満たしているというわけです」

「まだハルヒが神様だとか思ってんのか」

後部座席に並んで座っている古泉は、俺に横目をくれて、

「人間原理という言葉をご存じですか?」

「ご存じでないな」

ふっと息継《いきつ》ぎみたいな笑い声を上げて、古泉は言った。

「煎《せん》じ詰《つ》めて言えば、『宇宙があるべき姿をしているのは、人間が観測することによって初めてそうであることを知ったからだ』という理論です」

ちっとも解《わか》らん。

「我観測す、ゆえに宇宙あり。とでも言い換《か》えましょうか。要するに、この世に人間なる知的生命体がいて物理法則や定数を発見し、宇宙はこのようにして成っていると観測出来て初めて宇宙そのものの存在が知られたわけです。ならば宇宙を観測する人類がもし地球でここまで進化することがなかったら、観測するものがいない以上、宇宙はその存在を誰《だれ》にも知られることがない。つまりあってもなくても同じことになってしまう。人類がいるからこそ宇宙は存在を認められている、という人間本位的な理屈《りくつ》のことです」

「そんな無茶な話があるか。人類がいようがいまいが、宇宙は宇宙だろう」

「その通りです。だから人間原理は科学的とは言えません。思索《しさく》的な理論にすぎない。しかし面白《おもしろ》い事実がここから浮上《ふじょう》します」

タクシーが信号で止まる。運転手は前を見たまま、俺たちを一顧《いっこ》だにしない。

「なぜ宇宙は、こうも人類の生存に適した形で創造されたのか。重力定数がわずかでも小さいか大きいかしていたなら、宇宙がこのような世界になることはなかったでしょう。あるいはプランク定数が、あるいは粒子《りゅうし》の質量比が、まさに人間にとってうってつけとしか言いようがない値をとっているゆえに世界はあり、人類もある。不思議なことだとは思いませんか？」

俺は背中がむず痒《がゆ》くなるのを感じた。何だか科学かぶれした新興宗教のパンフレットにありそうな謳《うた》い文句だ。

「ご安心を。僕は全知全能たる絶対神が人間の造物主である、などと信仰《しんこう》しているわけではありません。僕の仲間たちもね。ただし疑ってはいます」

何をだ。

「僕たちは、崖《がけ》っぷちで爪先立《つまさきだ》ちしている道化師のごとき存在なのではないかとね」

俺がよほど変な顔をしていたのだろう。古泉は喘息《ぜんそく》にかかった鶏《にわとり》のオスみたいな笑い声を響《ひび》かせ、

「冗談《じょうだん》です」

「お前の言ってることは何一つとして理解出来ん」

俺はハッキリ言ってやった。笑えないコントに付き合っているヒマはない。ここで

俺を降ろすか、さっさとUターンしろ。出来れば後者がいい。

「人間原理を引き合いに出したのは、もののたとえですよ。涼宮さんの話がまだです」

だから、どうしてお前も長門も朝比奈さんもハルヒがそんなに好きなんだ。

「魅力的《みりょく》な人だとは思いますが。それは置いときましょう。覚えていますか、僕が、世界は涼宮さんによって作られたのかもしれないと言ったこと」

いまいましいことだが記憶《きおく》には残っているようだな。

「彼女には願望を実現する能力がある」

そんなことを大まじめに断言するな。

「断言せざるを得ません。事態はほとんど涼宮さんの思い通りに推移していますから」

そんなはずがあるか。

「涼宮さんは宇宙人はいるに違《ちが》いない、そうであって欲しいと願った。だから長門有希がここにいる。同様に未来人もいて欲しいと思った。だから朝比奈みくるがここにいる。そして僕も、彼女に願われたからというただそれだけの理由でここにいるのですよ」

「だーかーら、何で解るんだよ！」

「三年前のことです」

三年前はもういい。聞き飽《あ》きた。

「ある日、突然《とつぜん》僕は自分に、ある能力が備わったことに気付いた。その力をどう使うべきかも何故《なぜ》か知っていた。僕と同じ力を持つ人間が僕と同様に力に目覚めたこともね。ついでにそれが涼宮ハルヒによってもたらされたことも。これは説明出来ません。解ってしまうんだから仕方がないとしか」

「一億万歩譲《ゆず》ったとして、ハルヒにそんなことが出来るとは思えん」

「そうでしょうね。我々だって信じられなかった。一人の少女によって世界が変化、いや、ひょっとしたら創造されたのかもしれない、なんてことをね。しかもその少女はこの世界を自分にとって面白くないものだと思いこんでいる。これはちょっとした恐怖《きょうふ》ですよ」

「なぜだ」

「言ったでしょう。世界を自由に創造出来るのなら、今までの世界をなかったことにして、望む世界を一から作り直せばいい。そうなると文字通りの世界の終わりが訪れます。もっとも僕たちがそれを知るすべもないでしょうが。むしろ、我々が唯一《ゆいいつ》無二だと思っているこの世界も、実は何度も作り直された結果なのかもしれません」

信じられるか、と言う代わりに俺は別の言葉を作っていた。

「だったらハルヒに自分の正体を明かしたらいい。超能力《ちょうのうりょく》者が実在すると知ったら、喜ぶぞ、あいつ。世界をどうにかしようとは思わないかもしれん」

「それはそれで困るんですよ。涼宮さんが超能力なんて日常に存在するのが当たり前だと思ったなら、世界は本当にそのようになります。物理法則がすべてねじ曲がってしまいます。質量保存の法則も、熱力学の第二法則も。宇宙全体がメチャメチャになりますよ」

「どうにも解《わか》らないことがある」

俺は言った。

「ハルヒが宇宙人や未来人や超能力者を望んだから、お前や長門や朝比奈さんがいるんだって言ったな」

「そうです」

「なら、なぜハルヒ自身はまだそれに気付いていないんだ。お前たちや、俺までが知っているのに。おかしいだろう」

「矛盾《むじゅん》だと思いますか。ところがそうではないのですよ。矛盾しているのは涼宮さんの心のほうです」

解りやすく言え。

「つまるところ、宇宙人や未来人や超能力者が存在して欲しいという希望と、そんなものがいるはずないという常識論が、彼女の中でせめぎ合っているんですよ。彼女は言動こそエキセントリックですが、その実、まともな思考形態を持つ一般《いっぱん》的な人種なんです。中学時代は砂嵐《すなあらし》のようだった精神も、ここ数ヶ月は割に落ち着いて、僕としてはこのまま落ち着いていて欲しかったんですけどね、ここに来てまた、トルネードを発生させている」

「どういうわけだ」

「あなたのせいですよ」

　古泉は口だけで笑っていた。

「あなたが涼宮さんに妙《みょう》なことを思いつかせなければ、我々は今もまだ彼女を遠目から観察するだけですんでいたでしょう」

「俺がどうしたって？」

「怪《あや》しげなクラブを作るように吹《ふ》き込んだのはあなたです。あなたとの会話によって彼女は奇妙《きみょう》な人間ばかりを集めたクラブを作る気になったのだから、責任のありかはあなたに帰結します。その結果、涼宮ハルヒに関心を抱《いだ》く三つの勢力の末端《まったん》が一堂に会することになってしまった」

「……濡《ぬ》れ衣《ぎぬ》だ」

　我ながら力のこもらない反論。古泉は薄《うす》く笑いながら、

「まあ、それだけが理由ではないのですが」

それだけ言って口を閉ざした。俺が続きを言えと口に出す前に、運転手が言った。

「着きました」

車が止まり、ドアが開かれる。雑踏《ざっとう》の中に俺と古泉は降り立った。料金を受け取ることもなくタクシーは走り去ったが、俺は全然驚《おどろ》かなかった。


周辺地域に住む人間が、街に出る、と言えばたいていこの辺りのことを差す。私鉄やJRのターミナルがごちゃごちゃと連なり、デパートや複合建築物が建ち並ぶ日本有数の地方都市。夕日がせわしなく道行く人々を明るく彩色《さいしき》するスクランブル交差点。どこから湧《わ》いたのかと思うほどの人間が青信号と同時に動き出した。その長い横断歩道の際《きわ》で車を降りた俺たち二人は、たちまちのうちに雑踏に紛《まぎ》れた。

「ここまでお連れして言うのも何ですが」

ゆっくりと横断歩道を渡《わた》りつつ、古泉は前を見たまま、

「今ならまだ引き返せますよ」

「いまさらだな」

すぐ横を歩く古泉の手が俺の手を握《にぎ》った。何のマネだ、気持ち悪い。

「すみませんが、しばし目を閉《と》じていただけませんか。すぐすみます。ほんの数秒で」

肩《かた》がぶつかりそうになった会社員風のスーツ姿を身体《からだ》をよじって避《よ》ける。青信号が点滅《てんめつ》を始める。

いいだろう。俺は素直《すなお》に目をつむった。大量の靴音《くつおと》、車のエンジン音、一時も途絶《とだ》えることのない人声、喧噪《けんそう》。

古泉に手を引かれて、一歩、二歩、三歩。ストップ。

「もうけっこうです」

俺は目を開いた。

世界が灰色に染まっていた。

暗い。思わず空を見上げる。あれほど目映《まばゆ》い橙色《だいだいいろ》を放っていた太陽はどこにもなく、空は暗灰色《あんかいしょく》の雲に閉ざされている。雲なのだろうか？　どこにも切れ目のない平面的な空間がどこまでも広がり、周囲を陰《かげ》で覆《おお》っている。太陽がない代わりに灰色の空は薄《うす》ボンヤリとした燐光《りんこう》を放って世界を暗黒から救っている。

誰《だれ》もいない。

交差点の真ん中に立ちつくす俺と古泉以外、横断歩道を埋《う》め尽《つ》くすまでだった人の群れは、存在の名残《なごり》もなく消え失《う》せていた。薄闇《うすやみ》の中で、信号機だけがむなしく点滅し、今、赤になった。しかし走り出す車も一台もなかった。地球の自転すら止まったのではないかと思うまでの静寂《せいじゃく》。

「次元断層の隙間《すきま》、我々の世界とは隔絶《かくぜつ》された、閉鎖《へいさ》空間です」

古泉の声が静まりかえった大気の中でやけによく響《ひび》いた。

「ちょうどこの横断歩道の真ん中が、この閉鎖空間の《壁《かべ》》でしてね。ほら、このように」

伸《の》ばした古泉の手が抵抗《ていこう》を受けたように止まった。俺も真似《まね》してみる。冷たい寒天のような手触《てざわ》り。弾力《だんりょく》のある見えない壁はわずかに俺の手を受け入れたが、十センチも進まないうちにビクともしなくなった。

「半径はおよそ五キロメートル。通常、物理的な手段では出入り出来ません。僕の持つ力の一つが、この空間に侵入《しんにゅう》することですよ」

タケノコのように地面から生えているビルの数々には明かり一つ灯《とも》っていない。商店街に並ぶ店にも。人工的な光を放っているのは信号と、弱々しく輝《かがや》く街灯だけだ。

「ここはどこだ」

むしろ、何だ、と言うべきだろうか。

歩きながら説明しましょう、と古泉はどうということもなさそうに、

「詳細《しょうさい》は不明ですが、我々の住む世界とは少しだけズレたところにある違《ちが》う世界……

とでも言いましょうか。先ほどの場所から次元断層が発生し、我々はその隙間に入り込んだ状態になっています。今この時でも、外部は何ら変わらない日常が広がっていますよ。常人がここに迷い込むことは……まあ滅多《めった》にありません」

道路を渡り切り、古泉は目的地が決まっているのか、確かな足取りで歩を進める。

「地上に発生したドーム状の空間を想像して下さい。お椀《わん》を伏《ふ》せたようなと言いますか。ここはその内部ですよ」

雑居ビルの中に入る。人の気配どころかホコリ一つ落ちていない。

「閉鎖空間はまったくのランダムに発生します。一日おきに現れることもあれば、何ヶ月も音沙汰《おとさた》なしのこともある。ただ一つ明らかなのは、」

階段を上る。ひどく暗い。前を歩く古泉の姿がわずかでも見えていなければ足を取られるところだ。

「涼宮さんの精神が不安定になると、この空間が生まれるってことです」

四階建ての雑居ビルの屋上に出る。

「閉鎖空間の現出を僕は探知することが出来ます。僕の仲間も。なぜそれを知ってしまうのかは僕らにも謎《なぞ》です。なぜだか出る場所と時間が解《わか》ってしまう。同時にここへの入り方もね。言葉では説明出来ません、この感覚は」

屋上の手すりにもたれて空を見上げる。そよとも風が吹《ふ》いていない。

「こんなものを見せるために、わざわざ連れてきたのか？　誰もいないだけじゃないか」

「いえ、核心《かくしん》はこれからですよ。もう間もなく始まります」

もったいぶるな。しかし古泉は俺の仏頂面《ぶっちょうづら》に気付かないふりをして、

「僕の能力は閉鎖空間を探知して、ここに入るだけではありません。言うなれば、僕には涼宮さんの理性を反映した能力が与《あた》えられているのです。この世界が涼宮さんの精神に生まれたニキビだとしたら、僕はニキビ治療薬《ちりょうやく》なんですよ」

「お前の比喩《ひゆ》は解りにくい」

「よく言われます。しかしあなたもたいしたものだ。この状況《じょうきょう》を見て、ほとんど驚《おどろ》いていませんね」

俺は消えた朝倉とゴージャスな朝比奈さんを思い出した。すでに色々あったからな。

不意に古泉は顔を上げた。相対した俺の頭の向こう側に、遠くに焦点《しょうてん》を合わせた目を向ける。

「始まったようです。後ろを見て下さい」

見た。

遠くの高層ビルの隙間《すきま》から、青く光る巨人《きょじん》の姿が見えた。

三十階建ての商業ビルよりも頭一つ高い。くすんだコバルトブルーの痩身《そうしん》は発光物質ででも出来ているのか、内部から光を放っているようだ。輪郭《りんかく》もはっきりしない。目鼻立ちといえるものもない。目と口があるらしき部分がそこだけ暗くなっている他《ほか》は、ただののっぺらぼうだ。

何だ、アレは。

挨拶《あいさつ》でもするように、巨人は片手をゆるゆると上げ、鉈《なた》のように振《ふ》り下ろした。かたわらのビルを屋上から半ばまで叩《たた》き割り、腕《うで》を振る。コンクリートと鉄筋の瓦《が》礫《れき》がスローモーションで落下、轟音《ごうおん》とともにアスファルトに降り注ぐ。

「涼宮さんのイライラが具現化したものだと思われます。心のわだかまりが限界に達するとあの巨人が出てくるようです。ああやって周りをぶち壊《こわ》すことでストレスを発散させているんでしょう。かと言って、現実世界で暴れさせるわけにもいかない。大惨事《さんじ》になりますからね。だからこうして閉鎖空間を生み出し、その内部のみで破《は》壊《かい》行動をする。なかなか理性的じゃないですか」

青い光の巨人が腕を振るたびにビルたちは半分からへし折られて崩壊《ほうかい》し、崩壊したビルの残骸《ざんがい》を踏《ふ》みつぶしながら巨人は足を踏み出した。建物がひしゃげる鈍《にぶ》い音は聞こえても、巨人の足音は不思議と響いて来ない。

「あれくらいの巨大な人型になると、物理的には自重で立つことも出来ないはずなんですがね。あの巨人はまるで重力がないかのように振る舞《ま》うんです。ビルを破壊出来るということは質量を持っているはずなんですが、いかなる理屈《りくつ》もあれには通用しませんよ。たとえ軍隊を動員したとしても、あれを止めることは出来ないでしょう」

「じゃ、あれは暴れっぱなしなのか」

「いいえ。僕がいるのはそのためでもあるのですから。見てください」

古泉は指を巨人に向けた。俺は目を凝《こ》らす。さっきまではなかった、赤い光点がいくつか巨人の周りを旋回《せんかい》していた。高層ビルと伍《ご》する雲つく青い巨人に比べると、ゴマ粒《つぶ》みたいな矮小《わいしょう》な球状の赤い光。五つまでは数えられたが、動きが速すぎて目で追いきれない。衛星のように巨人を周回する赤い点は、まるで巨人の行く手を遮《さえぎ》るような動きを見せていた。

「僕の同志ですよ。僕と同じように涼宮さんによって力を与えられた、巨人を狩《か》る者です」

赤い光の粒は、淡々《たんたん》と街並みを破壊する青い巨人が振り回す両腕を巧《たく》みに回避《かいひ》しながら、急激に軌道《きどう》を変えて巨人の身体《からだ》に突撃《とつげき》を仕掛《しか》けていた。巨人の身体はまるで気体で出来ているようだった。やすやすと貫通《かんつう》する。

だが巨人は自分の顔の前を飛び回る赤い球体など目に入らない様子で、攻撃《こうげき》を無視、義務的な動作でまた一つのデパートビルに手刀を振り下ろした。

複数の赤光《しやつこう》が一斉《いつせい》に突撃してもその動きは変わらない。巨人は体中を速すぎてレーザーのようにも見える赤い光に貫《つらぬ》かれていたが、遠目からではどんなダメージを受けているのかはまったく解らなかった。巨人の身体には穴すら開いていないように見える。

「さて、僕も参加しなければ」

古泉の身体から赤い光が滲《し》み出していた。オーラが可視光線なんだとしたら、まさにそんな感じだ。発光する古泉の身体はたちまちのうちに赤い光の球体に飲み込まれ、俺の目の前に立っているのは、もはや人間の姿ではなく、ただの大きな光の玉だった。

デタラメだな、もう。

ふわりと浮《う》き上がった赤い光球は、俺に目配せでもするように二、三度ばかり左右に揺《ゆ》れると、残像すら残らないスピードで飛び去った。一直線に、巨人へ向けて。

古泉のなれの果てを加えた赤い光群は一秒もじっとしていないため総数を数える気にもならないが、二桁《けた》ってことはないだろう。果敢《かかん》に巨人への体当たりアタックをかましているものの突《つ》き抜《ぬ》けるばかりで何かの効果を上げているようには思えない、と俺が傍観《ぼうかん》していると、赤い玉の一つが巨人の青い腕、肘《ひじ》の辺りに取りついて、そのまま腕に沿って一周した。

ゆらあり、と巨人の片腕が肘から切断され、主《あるじ》を失った巨腕《きょわん》が地面に落下していく、と思いきや、青い光がモザイク状に煌《きら》めきながら、腕は厚みを失って、日向《ひなた》に置いた雪の欠片《かけら》のように消えた。肘を失った切断部から気体のような青い煙《けむり》がゆっくりと滴《したた》っているのは、あれは巨人の血液だろうか。幻想《げんそう》的と言えなくもない光景である。

赤い玉たちは猪突猛進《ちょとつもうしん》から切り刻み攻撃に宗旨《しゅうし》変えをしたようで、犬にたかるノミみたいに一斉に巨人の身体にピタリと身を寄せると、青い光を切り刻み始める。巨大な顔に赤い線が斜《なな》めに走り頭部がずり落ちる。肩《かた》が崩落《ほうらく》し、たちまちのうちに上半身は奇怪《きかい》なオブジェと化した。切断された部位はモザイクとなって広がり、そして消滅《しょうめつ》する。

青い光が立つ辺り一面が荒野《こうや》になっているおかげで遮蔽《しゃへい》物がなく、俺は一部始終を観劇することが出来た。身体の半分以上を失ったと同時に巨人、崩壊。塵《ちり》よりも小さく分解し、後には瓦礫の山が残されるばかりだった。

上空を旋回していた赤い点々は、それを見届けると、四方に散った。大半はすぐに見えなくなったが一つが俺に向かって飛んできて、雑居ビルの屋上に軟着陸《なんちゃくりく》を決めると赤い光がパトランプからコタツ強、弱へと明るさを弱め、すっかり光の放出をやめたとき、そこに立っているのは、気取った手つきで髪《かみ》をなでつけているいつもの微笑《ほほえ》みを浮かべた古泉なのだった。

「お待たせしました」

息一つ乱れていない。

「最後に、もう一つ面白《おもしろ》いものが観《み》れますよ」

空を指さした。これ以上何があるんだと思いながら、俺はダークグレー一色に染まった天空を見上げ、それを見た。

最初に巨人を見かけた辺り、その上空に亀裂《きれつ》が入っていた。卵から孵化《ふか》しようとしている雛鳥《ひなどり》がつついたようなひび割れ。亀裂は蜘蛛《くも》の巣状に成長していた。

「あの青い怪物《かいぶつ》の消滅に伴《ともな》い、閉鎖《へいさ》空間も消滅します。ちょっとしたスペクタクルですよ」

古泉の説明口調が終わるかどうかのうちに、亀裂は世界を覆《おお》い尽《つ》くしていた。まるで金属製の巨大なザルをすっぽりかぶせられた気分だ。網《あみ》の目が細かくなっていき、ほぼ黒い湾曲《わんきょく》としか思えなくなったその直後、
パリン。

音はしなかった。だが俺はガラスが砕《くだ》けるような擬音《ぎおん》を脳裏《のうり》に感じた。天頂の一点から明るい光が一瞬《いっしゅん》にして円形に広がる。光が降ってくる、と思ったのは間違《まちが》いで、ドーム球場の開閉式の屋根が数秒もしないで全開された、というのが近い。ただし屋根だけではなく建物すべてが。

つんざくような騒音《そうおん》が鼓膜《こまく》を打って、俺は反射的に耳を押さえた。だがその音は無音の世界でしばらく過ごしたことによる単なる錯覚《さっかく》、日常の喧噪《けんそう》。

世界は元の姿を取り戻《もど》している。

崩《くず》れ去った高層ビルも灰色の空も空飛ぶ赤い光もどこにもない。道路は車と人の山でごった返し、ビルの合間には見慣れたオレンジ色の太陽が輝《かがや》き、世界をあまねく照らすその光は恩恵《おんけい》を受ける物体すべてに長い影《かげ》を生じさせていた。

風が吹《ふ》いていた。

「解《わか》っていただけましたか？」

雑居ビルを後にした俺たちの前に嘘《うそ》みたいに止まったタクシーに乗り込みながら古泉が訊《き》いた。見覚えのある無口な運転手。

「いいや」と俺は答えた。本心から。

そう言うと思いました、と古泉は笑いを含《ふく》んだ声で、「あの青い怪物――我々は《神人《しんじん》》と呼んでいますが――は、すでにお話ししたとおり涼宮さんの精神活動と連動しています。そして我々もまたそうなんです。閉鎖空間が生まれ、《神人》が生まれるときに限り、僕は異能の力を発揮出来る。それも閉鎖空間の中でしか使えない力です。例えば今、僕には何の力もありません」

俺は黙《だま》って運転手の後頭部を眺《なが》めていた。

「なぜ我々にだけこんな力が備わったのかは不明ですが、多分誰《だれ》でもよかったんでしょう。宝くじに当たったみたいなものです。到底《とうてい》当たりそうにない低確率でも、誰かには命中する。たまたま僕に矢が刺《さ》さっただけなんですよ」

因果な話です、と言って古泉は微苦笑《びくしょう》を浮《う》かべ、俺は黙り続けた。何と言っていいものやらさっぱりだ。

「《神人》の活動を放置しておくわけにはいきません。なぜなら、《神人》が破壊《はかい》すればするほど、閉鎖空間も拡大していくからです。あなたがさっき見たあの空間は、あれでもまだ小規模なものなのです。放《ほ》っておけばどんどん広がっていって、そのうち日本全国を、それどころか全世界を覆い尽くすでしょう。そうなれば最後、あちらの灰色の空間が、我々のこの世界と入れ換《か》わってしまうのですよ」

俺はようやく口を開いた。

「なぜそんなことが解る」

「ですから、解ってしまうのだからしょうがありません。『機関』に所属している人間はすべてそうです。ある日突然《とつぜん》、涼宮さんと彼女が及《およ》ぼす世界への影響《えいきょう》についての知識と、それから妙《みょう》な能力が自分にあることを知ってしまったのです。閉鎖空間の放置がどのような結果をもたらすのかもね。知ってしまった以上はなんとかしなければならないと思うのが普通《ふつう》ですよ。僕たちがしなければ、確実に世界は崩壊《ほうかい》しますから」

困ったものです、と呟《つぶや》いて、古泉も黙り込んだ。

それきり俺の自宅に到着《とうちゃく》するまで、俺たちは窓を流れる日常の風景を眺め続けた。

車が止まって俺が降りる際《きわ》になって、

「涼宮さんの動向には注意しておいて下さい。ここしばらく安定していた彼女の精神が、活性化の兆《きざ》しを見せています。今日のあれも、久しぶりのことなんですよ」

俺が注意しててもどうこうなるもんでもないんじゃないのか？

「さあ、それはどうでしょうか。僕としてはあなたにすべてのゲタを預けてしまってもいいと思ってるんですがね。我々の中でも色々と思惑《おもわく》が錯綜《さくそう》しておりまして」

半分ほど開いたドアから身を乗り出していた古泉は俺が言い返すよりも早く頭を引っ込めた。ドアが閉まる。都市伝説にありそうな幽霊《ゆうれい》タクシーのように走り去る車を見送るのもバカらしく、俺はさっさと自宅に戻った。

第七章

自称《じしょう》、宇宙人に作られた人造人間。自称、時をかける少女。自称、少年エスパー戦隊。それぞれに自称が取れる証拠《しょうこ》を律儀《りちぎ》にも俺に見せつけてくれた。三者三様の理由で、三人は涼宮ハルヒを中心に活動しているようだが、それはいい。いや、ちっともよくないが、百光年ほど譲《ゆず》っていいことにしてみても、さっぱり解《わか》らないことがある。

なぜ、俺なのだ？

宇宙人未来人エスパー少年がハルヒの周りをうようよするのは、古泉いわくハルヒがそう望んだからだと言う。

では、俺は？

なんだって俺はこんなけったいなことに巻き込まれているんだ？　百パーセント純正の普通人だぞ。突然ヘンテコな前世に目覚めでもしない限り履歴《りれき》書に書けそうもない謎《なぞ》の力もなんにもない普遍《ふへん》的な男子高校生だぞ。

これは誰の書いたシナリオなんだ？

それとも誰かに怪《あや》しいクスリでも嗅《か》がされて幻覚《げんかく》でも見ているのか。毒電波を受信しているだけなのか。俺を踊《おど》らせているのはいったい誰だ。

お前か？　ハルヒ。

なーんてね。

知ったこっちゃねえや。

なぜ俺が悩《なや》まなくてはならんのだ。すべての原因はハルヒにあるらしい。だとしたら悩まなくてはならないのは俺ではなくてハルヒだろう。俺がその困惑《こんわく》を肩代《かたが》わりしなければならない理由がどこにある。ない。ないと言ったらない。俺がそう決めた。長門も古泉も朝比奈さんも、俺にあんなことを告白するくらいなら本人に直接何もかも話してやればいいのだ。その結果、世界がどうなろうとそれはハルヒの責任であって、俺は無関係だ。

せいぜい走り回ればいいのさ。俺以外の人間がな。

季節は本格的に夏の到来《とうらい》を前倒《まえだお》しすることを決めたに違《ちが》いない。俺は汗《あせ》をダラダラ垂らしながら坂道を登りながら脱《ぬ》いだブレザージャケットで汗を拭《ぬぐ》いながらネクタイも外してシャツの第三ボタンまでを開けながらノロくさく足を動かしていた。朝にこんなに暑ければ昼にはどんなことになるのか解らないというくらい暑い。ナチュラルハイキングコースが学校への通学路になっている虚《むな》しさをかみしめる俺の肩《かた》が後ろから叩《たた》かれた。触《さわ》るな、余計に暑くなるだろ、と振《ふ》り返った先には谷口のにやけ面《づら》。

「よっ」

俺の横に並んだ谷口もさすがに汗まみれだった。うっとうしいよなあ、せっかくキメた髪型《かみがた》が汗でベタベタになっちまう、などと言いながらも元気そうな奴《やつ》である。

「谷口」

一方的に興味ゼロの飼っている犬の話を始めた口を遮《さえぎ》って俺は訊《き》いた。

「俺って、普《ふ》通《つう》の男子高校生だよな」

「はあ?」

そんな面白《おもしろ》い冗談《じょうだん》は初めて聞いたと言わんばかりのわざとらしい顔をする谷口。

「まず普通の意味を定義してくれ。話はそっからだな」

「そうかい」

訊かないほうがマシだった。

「嘘《うそ》嘘、冗談。お前が普通かって? あのな、普通の男子生徒は、誰《だれ》もいなくなった教室で女を押し倒《たお》したりはしねえ」

当たり前だが、覚えていたらしい。

「俺も男だ。根ほり葉ほり訊いたりしないだけの分別とプライドを持っている。だがな、解るだろ？」

　全然。

「どうやっていつのまにああなったんだ。え？　しかも俺様的美的ランクAマイナーの長門有希と」

　Aマイナーだったのか。そんなことより、

「あれはだな……」

　俺は釈明《しゃくめい》した。谷口が考えていると思われるストーリーは妄想《もうそう》、夢想、完全フィクションである。長門は気の毒にも部室を根城にしてしまったハルヒの被害者《ひがいしゃ》であり、文芸部の活動に支障をきたすようになった彼女は困りあぐねたあげく、俺に相談した。なんとか涼宮さんをここから退去させるわけにはいかないだろうか。真摯《しんし》な訴《うった》えに同調すること大だった俺は気の毒な彼女を救うべく、ハルヒの目の届かない場所で共々《ともども》に善後策を協議することにし、ハルヒの帰ったあとの教室でアイデアを出し合っていると、長門は持病の貧血《ひんけつ》を起こして倒れとっさに俺が彼女と床《ゆか》との衝突《しょうとつ》を防ごうとしたまさにその時闖入《ちんにゅう》してきたのがお前、谷口である。まこと、真実とは明らかになってみれば下らないものであることよなあ。

「嘘《うそ》つけ」

一蹴《いっしゅう》された。くそ、ところどころに真実を交えた完璧《かんぺき》な作り話だと思ったのに。

「その嘘話を信じたとして、あの誰とも接点を持ちたがらない長門有希から相談を持ちかけられた時点でもうお前は普通じゃねえよ」

そんなに有名人だったのか、長門は。

「なにより涼宮の手下でもあるしな。お前が普通の男子生徒ってんなら、俺なんかミジンコ並に普通だぜ」

ついでに訊いておこう。

「なあ、谷口。お前、超能力《ちょうのうりょく》を使えるか？」

「あーん？」

マヌケ面が第二段階に進行する。ナンパに成功した美少女がアブナイ宗教の勧誘《かんゆう》員だったと知ったときのような顔をして、谷口は、

「……そうか。お前はとうとう涼宮の毒に浸《おか》されてしまいつつあるんだな……。短い間だったが、お前はいい奴だった。あんまり近づかないでくれ。涼宮がうつる」

俺は谷口を小突《こづ》き、谷口はぷふぅっと吹《ふ》き出してから表情を崩《くず》して笑い出した。こいつが超能力者と言うのなら、俺は今日から国連事務総長だ。

校門から校舎へと続く石畳《いしだたみ》を歩きながら、まあ一応感謝しておく。少なくとも話している間は暑さが少しは紛《まぎ》れたからな。

さしものハルヒも熱気にだけはいかんともしがたいらしく、くたりと机に寄りかかってアンニュイに彼方《かなた》の山並を見物していた。

「キョン、暑いわ」

そうだろうな、俺もだよ。

「扇《あお》いでくんない？」

「他人を扇ぐくらいなら自分を扇ぐわい。お前のために余分に使うエネルギーが朝っぱらからあるわけないだろ」

ぐんにゃりとしたハルヒは昨日の弁舌《べんぜつ》さわやかな面影《おもかげ》もなく、

「みくるちゃんの次の衣装なにがいい？」

バニー、メイドと来たからな、次は……ってまだ次があるのかよ。

「ネコ耳？　ナース服？　それとも女王様がいいかしら？」

俺は頭の中で朝比奈さんを次々と着《き》せ替《か》えさせ、恥《は》ずかしそうに顔を赤らめる小さな姿を想像して眩暈《めまい》を感じた。可愛《かわい》すぎる。

真剣《しんけん》に悩《なや》み始めた俺を、ハルヒは眉《まゆ》をひそめて睨《ね》めつけて耳の後ろに髪《かみ》を払《はら》い、

「マヌケ面《づら》」

と決めつけた。お前が話を振《ふ》ったんだろうが。多分その通りだろうから抗議《こうぎ》するつもりはないが。セーラー服の胸元《むなもと》から教科書で風を送り込みながら、

「ほんと、退屈《たいくつ》」

ハルヒは口を見事なへの字にした。まるでマンガのキャラクターみたいに。


輻射熱《ふくしや》でこんがり焼けそうな午後の時間をまるまる使った地獄《じごく》の体育が終わり、二時間も使ってマラソンさせんじゃねえよバカ岡部などとののしりながら俺たちは六組で濡《ぬ》れ雑巾《ぞうきん》になった体操着を着替《きが》えて、五組に戻《もど》ってきた。

早めに体育を切り上げていた女子どもの着替えは終わっていたが、後はホームルームを残すだけとあって運動部に直行する数人は体操着のままであり、運動部とは無縁《むえん》のハルヒもなぜか体操服を着ていた。

「暑いから」

というのがその理由である。

「いいのよ、どうせ部室に行ったらまた着替えるから。今週は掃除《そうじ》当番だし、このほうが動きやすい」

頬杖《ほおづえ》をついた卵形の顔を外に向けたままハルヒは流れる入道雲を目で追っていた。

「そりゃ合理的だな」

朝比奈さんのコスプレは体操着でもいいな。コスプレと言わないか。正体は不明でも一応は高校生をやってるんだし。

「なんか妄想《もうそう》してるでしょ」

心を読んだとしか思えない的確なツッコミを放って俺をじろりと睨《にら》む。

「あたしが部室に行くまで、みくるちゃんにエロいことしちゃダメよ」

お前が来てからならいいのか、という言葉を飲み込んで、俺は新米の保安官に拳銃《けんじゅう》を突きつけられた西部時代の指名手配犯のようにぞんざいな仕草で両手を広げた。


いつものようにノックの返事を待って部室に入る。テレーズ人形のようにちょこんと椅子《いす》に座ったメイドさんが草原のヒマワリのような笑顔《えがお》で出迎《でむか》えてくれた。安らぐ。テーブルの隅《すみ》でページを繰《く》る長門はさしずめなんかの間《ま》違《ちが》いで春に咲《さ》いてしまったサザンカである。いやもう自分でも何のたとえなんだか解《わか》らん。

「お茶煎《い》れますね」

頭のカチューシャをちょいと直し朝比奈さんは上履《うわば》きをパタパタ鳴らしてガラクタが溢《あふ》れているテーブルに駆《か》け寄った。急須《きゅうす》にお茶っ葉を慎重《しんちょう》な手つきで入れている。

俺はどっかりと団長机に腰《こし》を下ろして、いそいそとお茶の用意をする朝比奈さんを眺《なが》めて一人悦《えつ》に入《い》っていたが、その姿をみているうちに天啓《てんけい》が閃《ひらめ》いた。

パソコンのスイッチを入れ、OSの起動を待つ。ポインタから砂時計マークが消えたのを見計らって、俺はフリーソフトのビューワを立ち上げると、自分で設定したパスワードを入力してフォルダ「MIKURU」の中身を表示させた。さすがコンピュータ研が泣きながら手放した新機種だけあってたちどころにサムネイル表示、朝比奈さんのメイド画像コレクション。

朝比奈さんが湯飲みを用意している様子を片目で確認しながら、俺はその中の一枚を拡大し、さらに拡大。

ハルヒによって無理矢理取らされた雌豹《めひょう》のポージング。大きくはだけた胸元から豊満な谷間がギリギリまで覗《のぞ》いている。左の白い丘《おか》に黒い点があった。もう一段階拡大表示。だいぶドットが荒《あ》れていたが、確かにそれは星形をしていた。

「なるほど、これか」

「何か解ったんですか？」

机に湯飲みが置かれるより前に俺は手際よく画像を閉じていた。このへん、抜《ぬ》かりはない。朝比奈さんがモニタを横から覗き込む。何もないですよん。

「あれ、これ何です？　このMIKURUってフォルダ」

ぐあ、抜かった。

「どうして、あたしの名前がついてるの？　ね、ね、何が入ってるの？　見せて見せて」

「いやあ、これはその、何だ、さあ何なんでしょうね。きっと何でもないでしょう。

うん、そうです、何でもありません」

「嘘《うそ》っぽいです」

朝比奈さんは楽しそうに笑ってマウスに手を伸《の》ばし、後ろから覆《おお》い被《かぶ》さるように俺の右手を取ろうとする。させるまじ、とマウスをつかむ俺。背中に柔《やわ》らかい身体《からだ》を押しつけてくれながら朝比奈さんは俺の肩《かた》の上に顔を出した。甘やかな吐息《といき》が頰《ほお》にかかる。

「あの、朝比奈さん、ちょっと離《はな》れ……」

「見せて下さいよー」

左手を俺の肩にかけ、右手でマウスを追いかける朝比奈さんの上半身が背中でつぶれている感触《かんしょく》に、俺はほとほと参るしかなかった。

クスクス笑いが耳朶《じだ》を打ち、そのあまりの心地《ここち》よさに俺はマウスを離しそうになり
——、

「何やってんの、あんたら」

摂氏《せし》マイナス273度くらいに冷え切った声が俺と朝比奈さんを凍《こお》り付かせた。通

学鞄《かばん》を肩に引っかけた体操服のハルヒが父親の痴漢《ちかん》現場を目撃《もくげき》したような顔で立っていた。

止まっていた朝比奈さんの時間が動いた。メイド服のスカートをぎこちなく揺《ゆ》らして俺の背中から離れた朝比奈さんはロボット歩きで後ずさり、バッテリー切れ寸前のASIMO《アシモ》のように、かくんと椅子に座り込んだ。蒼白《そうはく》の顔が今にも泣きそうになっている。

ふん、と鼻息を吹《ふ》いて、ハルヒは足音高く机に近寄って俺を見下ろし、

「あんた、メイド萌《も》えだったの？」

「なんのこった」

「着替《きが》えるから」

好きにしたらいい。朝比奈さんが煎《い》れてくれた番茶を飲んでくつろぐ俺。

「着替えるって言ってるでしょ」

だから何なんだ。

「出てけ！」

ほとんど蹴《け》飛ばされるように俺は廊下《ろうか》へ転がり、鼻先で荒々《あらあら》しくドアが閉められた。

「なんだ、あいつ」

湯飲みを置くヒマもなかった。俺は茶色の液体で濡《ぬ》れたシャツを指でつまみ上げて、

ドアに背をあずけた。

この違和感《いわかん》はなんだろう。何か日常と違うところが感じられてならない。

「あー、そうか」

教室でも堂々と着替えをおっぱじめるハルヒが、わざわざ俺を部室から放りだしたのが引っかかっているのだ。

はて。どういう心境の変化だろ。それともいつしか恥《は》じらいを覚えるお年頃《としごろ》になったのか。相変わらず五組の男は体育の時間前には脱兎《だっと》のごとく教室から飛び出すのが習慣になってるから解りようもない。そう言えばその習慣を植え付けた朝倉ももういないんだな。

持ったままの湯飲みをリノリウムの廊下に置いて、俺は片あぐらをかいた。

しばらく待って、部屋でごそごそする気配が止まっても中に入れと言う声がかからず、俺がぼんやり膝《ひざ》を抱《かか》えて待つこと十分、

「どうぞ……」

朝比奈さんの小さな声がドア越《ご》しに聞こえた。本物のメイドよろしく扉《とびら》を開けてくれた朝比奈さんの肩越《かたご》しに、たいして面白《おもしろ》くもなさそうに机に肘《ひじ》をついたハルヒの白く長い脚《あし》が見える。頭で揺れるウサ耳。懐《なつ》かしのバニーガール姿。面倒《めんどう》くさいのか、カラーやカフス抜き、網《あみ》タイツなしの生足で、しかし耳だけはしっかりつけたバニー

スタイルのハルヒが足を組んで座っていた。

「手と肩は涼《すず》しいけど、ちょっと通気性が悪いわね、この衣装」

と言って、ハルヒはずるずると湯飲みの茶をすする。長門がページをパラリとめくった。

バニーガールとメイドさんに囲まれ、どうしていいものやら見当もつかない。どっかでこの二人を客引きのバイトにでも斡旋《あっせん》したら儲《もう》かりそうだなと考えていると、

「うわ、なんですか」

笑顔のままで素《す》っ頓狂《とんきょう》な声をあげるという愉快《ゆかい》な反応をしつつ、古泉が現れた。

「あれ、今日は仮装パーティの日でしたっけ。すみません、僕、何の準備もしてなくて」

話をややこしくするようなことを言うな。

「みくるちゃん、ここに座って」

ハルヒが自分の前のパイプ椅子《いす》を指し示す。朝比奈さんは明らかにおどおどと、おっかなびっくりハルヒに背を向けて椅子に座った。何をするのかと思ったら、おもむろにハルヒは朝比奈さんの栗色《くりいろ》の髪《かみ》を手にとって、三つ編みに結《ゆ》い始めた。

この場面だけを切り取れば、まるで妹の髪をセットしてやっている姉、みたいな美しい風情《ふぜい》だが、いかんせん朝比奈さんは表情をこわばらせているし、ハルヒは仏頂面《ぶっちょうづら》

だ。単に三つ編みメイドにしたいだけだろう。

底の浅い笑《え》みでその風景を見ている古泉に俺は問いかけた。

「オセロでもやるか」

「いいですね。久しぶりです」

俺たちが白と黒の争覇《そうは》戦《せん》をひたすら繰《く》り返している間（光の玉に変化出来るくせに古泉はやたらに弱かった）、ハルヒは朝比奈さんの髪を結ったりほどいたりツインテールにしたり団子にしたりして遊び（ハルヒの手が触《ふ》れるごとに小さく震《ふる》える朝比奈さん）、長門は一瞬《いっしゅん》たりとも面《おもて》を上げずに読書に浸《ひた》っていた。

何の集まりなんだか、ますます解《わか》らなくなってきた。

そう、その日、俺たちは何の変哲《へんてつ》もないＳＯＳ団的活動をして過ごした。そこには空間を歪《ゆが》める情報がどうとか言う宇宙人も未来からの訪問者も青い巨人《きょじん》と赤い球体も何も関係なかった。やりたいことも取り立てて見当たらず、何をしていいのかも知らず、時の流れに身をまかすままのモラトリアムな高校生活。当たり前の世界、平凡《へいぼん》な日常。

あまりの何もなさに物足りなさを感じつつも、「なあに、時間ならまだまだあるさ」と自分に言い聞かせてまた漫然《まんぜん》と明日を迎《むか》える繰り返し。

それでも俺は充分《じゅうぶん》楽しかった。無目的に部室に集まり、小間使いのようによく動く朝比奈さんを眺《なが》め、仏像のように動かない長門を眺め、人畜無害《じんちくむがい》な微笑《ほほえ》みの古泉を眺め、ハイとローの間を忙《いそが》しく行き来するハルヒの顔を眺めているのは、それはそれで非日常の香《かお》りがして、それは俺にとって妙《みょう》に満足感を与《あた》えてくれる学校生活の一部だった。クラスメイトに殺されそうになったり、灰色の無人世界で暴れる化け物に出会ったりなんぞ、そうそうありやしないだろうしな。あれが幻覚《げんかく》や催眠《さいみん》術や白昼夢でないとは断言しきれないが。

涼宮ハルヒとその一味みたいに呼ばれるのは業腹《ごうはら》だが、色んな意味でこんな面白い連中と一緒《いっしょ》にいられるのは俺だけだ。なぜ俺だけなのかという疑問はこの際脇《わき》に置いておく。そのうち俺以外の人間の参加もあるかもしれん。

そうさ、俺はこんな時間がずっと続けばいいと思っていたんだ。

そう思うだろ？　普通《ふつう》。

だが、思わなかった奴《やつ》がいた。

決まっている。涼宮ハルヒだ。

夜になって、晩飯だの風呂《ふろ》だの明日の英語で和訳を当てられそうなところの予習だのを適当に済ませ、もう後は寝《ね》るしかない時間を時計の針が指したあたりで、俺は自室のベッドに寝ころんで長門から押しつけられた厚い書物を紐解《ひもと》いていた。たまには読書もいいかなと思って何の気なしに読み始めたのだが、これが存外面白くてすいすいページが進む進む。やっぱり本なんてものは読むまで面白さが解らないもんだ。いいね、読書は。

ただし一夜で読み切るにはあまりに文字量が多いので、俺は登場人物の一人が長々とした独白をちょうど終えたキリのいいところで本を置いた。そろそろ睡魔《すいま》の野郎《やろう》が目蓋《まぶた》の上でキャンプを張った頃合《ころあ》いだ。長門の文字が刻まれた栞《しおり》を挟《はさ》んで本を閉じ、電気を消して布団《ふとん》に潜《もぐ》り込む。まどろみ数分、俺は寝付きよく眠《ねむ》りに落ちた。

ところで人が夢を見る仕組みをご存じだろうか。睡眠にはレム睡眠とノンレム睡眠の二種類があって周期的に繰り返されるわけなのだが、眠りばなの数時間は深い眠り、ノンレム睡眠が多く訪れる。この時の脳は活動を休止しており、身体《からだ》は眠っているが脳が軽く活動しているレム睡眠時に我々は夢を見るのである。朝方になってレム睡眠の構成比は増えていき、つまり夢というものはほとんど寝起き直前に続けて見るものなのだ。俺も毎日のように夢を見るが、ギリギリまで寝床《ねどこ》にいていざ起きたら慌《あわ》ただしく登校の用意をしなくてはならないからすぐに忘れてしまう。ふとしたきっかけで何年か前の見たことも忘れていた夢の内容を思い出すこともあって、いや人間の記憶《きおく》の仕組みってのはまだ不思議で満ちているんだな。

閑話休題《かんわきゅうだい》。そんなことはどうでもいいんだ。

頬《ほお》を誰《だれ》かが叩《たた》いている。うざい。眠い。気持ちよく眠っている俺を邪魔《じゃま》するな。

「……キョン」

まだ目覚ましは鳴ってないぞ。何度鳴ってもすぐ止めてしまうけどな。お袋《ふくろ》に命じられた妹が面白《おもしろ》半分に俺を布団から引きずり出すにはまだ余裕《よゆう》があるはずだ。

「起きてよ」

いやだ。俺は寝ていたい。胡乱《うろん》な夢を見ているヒマもない。

「起きろってんでしょうが！」

首を絞《し》めた手が俺を揺《ゆ》り動かし、後頭部を固い地面に打ち付けて俺はやっと目を開いた。

……固い地面？

上半身を跳《は》ね上げる。俺を覗《のぞ》き込んでいたハルヒの顔がひょいと俺の頭を避《よ》けた。

「やっと起きた？」

　俺の横で膝《ひざ》立ちになっているセーラー服姿のハルヒが、白い顔に不安を滲《にじ》ませていた。

「ここ、どこだか解《わか》る？」

　解る。学校だ。俺たちの通う県立北高校。その校門から靴脱《くつぬ》ぎ場までの石畳《いしだたみ》の上。明かり一つ灯《とも》っていない、夜の校舎が灰色の影《かげ》となって俺の目の前にそびえ――、違《ちが》う。

　夜空じゃない。

　ただ一面に広がる暗い灰色の平面。単一色に塗《ぬ》り潰《つぶ》された燐光《りんこう》を放つ天空。月も星も雲さえない、壁《かべ》のような灰色空。

　世界が静寂《せいじゃく》と薄闇《うすやみ》に支配されていた。

　閉鎖《へいさ》空間。

　俺はゆっくりと立ち上がった。寝間着《ねまき》がわりのスウェットではなく、ブレザーの制服が俺の身体をまとっている。

「目が覚めたと思ったら、いつの間にかこんな所にいて、隣《とな》りであんたが伸《の》びてたのよ。どういうこと？　どうしてあたしたち学校なんかにいるの？」

　ハルヒが珍《めずら》しくか細い声で訊《き》いている。俺は返事の代わりに自分の身体にあちこち手を触《ふ》れてみた。手の甲《こう》をつねった感触《かんしょく》も、制服の手触《てざわ》りも、まるで夢とは思えない。髪《かみ》の毛を二本ばかり引っ張って抜《ぬ》くと確かに痛い。

「ハルヒ、ここにいたのは俺たちだけか？」

「そうよ。ちゃんと布団で寝てたはずなのに、なんでこんな所にいるわけ？　それに空も変……」

「古泉を見なかったか？」

「いいえ。……どうして？」

「いや何となくだが」

ここが例の次元断層がどうのこうのしたとかの閉鎖空間なら、光の巨人《きょじん》と古泉たちもいるはずだ。

「とりあえず学校を出よう。どこかで誰かに会うかもしれない」

「あんた、あんまり驚《おどろ》かないのね」

驚いてるさ。特にお前がここにいることにな。ここはお前が作り出す巨人の遊び場じゃなかったのか？　それともやはりこれは異常にリアル感のある俺が見ている夢か。人気のない学校でハルヒと二人きり。フロイト博士ならなんと分析《ぶんせき》してくれるだろう。

ハルヒと付《つ》かず離《はな》れず並んで門扉《もんぴ》から足を踏《ふ》み出そうとした俺の鼻先が見えない壁に押された。ねっとりした感触には記憶がある。力を込めればある程度は進めるものの、すぐに固い壁にぶち当たる。透明《とうめい》な壁が校門のすぐ外に立ちはだかっていた。

「……何、これ」

ハルヒが両手を盛んに突《つ》き出しながら、目を見開いている。俺は学校の敷地《しきち》ぞいに歩いて確認する。不可視の壁は歩いた範囲《はんい》内では途切《とぎ》れることなく続いていた。

まるで、俺たちを学校に閉じこめるように。

「ここからは出られないらしい」

風がそよとも吹《ふ》いていない。大気すら動きを止めたようだ。

「裏門へ回ってみるか」

「それより、どこかと連絡《れんらく》が取れない？　電話でもあればいいんだけど、携帯《けいたい》は持ってないし」

ここが古泉が説明したとおりの閉鎖空間なら電話があっても無駄《むだ》だろうが、俺たちはいったん校舎へ入ることにした。職員室に行けば電話くらいあるだろう。

電気のついていない、暗い校舎というのはなかなかに不気味なものだ。俺たちは土足のまま下駄箱《げたばこ》の列を通り抜け、無音の校舎を歩く。途中《とちゅう》、一階の教室のスイッチを入れてやると瞬《また》きながら蛍光灯《けいこうとう》がついた。味も素っ気もない人工の光だが、それだけでも俺とハルヒは、ほっとした顔を見合わせた。

俺たちはまず宿直室へと向かい、誰もいないことを確認してから職員室へ、当然鍵《かぎ》がかかっていたので消火栓扉《しょうかせんとびら》から消火器を取り出してその底を窓ガラスに叩きつけ、窓から部屋に侵入《しんにゅう》した。

「……通じてないみたい」

ハルヒが差し出す受話器を耳に押し当てる。何の音もしない。試しにダイヤルボタンを押してみたが反応なし。

職員室を後にした俺たちは、教室の電気を次々点灯させながら上を目差した。我らが一年五組の教室は最上階にある。そこから下界を覗《のぞ》けば、周囲がどうなってんのか解るかもしれない、とハルヒは言った。

校舎を歩いている間、ハルヒは俺のブレザーの裾《すそ》をつまんでいた。頼《たよ》りにしてくれるなよ、俺には何の力もないんだからな。それに怖《こわ》いならいっそ腕《うで》にすがりついてくれよ。そっちのほうが気分が出る。

「バカ」

ハルヒは上目遣《づか》いで俺にきつい視線を送ったものの、指を離そうとはしなかった。

一年五組の教室に変わったところは何もない。出てきたときのままだ。黒板の消し跡も、画鋲《がびよう》の刺《さ》さったモルタルの壁も。

「……キョン、見て……」

窓に駆《か》け寄ったハルヒはそう言ったきり絶句した。その隣《とな》りで、俺もまた眼下の世界を見下ろした。

見渡《みわた》す限りダークグレーの世界が広がっていた。山の中腹に建っている校舎の四階からは遠くの海岸線までを目にすることが出来る。左右百八十度、視界が届く範囲に、人間の生活を思わせる光はどこにもない。すべての家々は闇《やみ》に閉《と》ざされ、カーテン越《ご》しにでも光を漏《も》らす窓が一つもなかった。この世から人間が残らず消えてしまったかのように。

「どこなの、ここ……」

俺たち以外の人間が消えたのではなく、消えたのは俺たちのほうだ。この場合、俺たちこそが誰《だれ》もいない世界に紛《まぎ》れ込んだ闖入《ちんにゅう》者になるのだろう。

「気味が悪い」

ハルヒは自分の肩《かた》を抱《だ》くようにして呟《つぶや》いた。

行く当てもない。そんなわけで俺たちは夕方に後にしたばかりの部室にやって来た。鍵は職員室からガメてきたので問題ない。

蛍光灯の下、俺たちは見慣れた根城に戻《もど》った安心感からかどちらともなく安堵《あんど》の息を漏らした。

ラジオをつけてみてもホワイトノイズすら入らず、風の音一つしない静まりかえった部屋にポットから急須《きゅうす》に注《つ》がれる湯の音だけがこだました。茶葉を入れ替《か》える気にもならないので出がらしのお茶だ。煎《い》れているのは俺。ハルヒは半ば呆然《ぼうぜん》と灰色の外界《げ かい》を眺《なが》めている。

「飲むか？」

「いらない」

俺は自分のぶんの湯飲みを持ってパイプ椅子《いす》を引き寄せた。一口飲んでみる。朝比奈さんのお茶のが百倍美味《うま》い。

「どうなってんのよ、何なのよ、さっぱり解《わか》らない。ここはどこで、なぜあたしはこんな場所に来ているの？」

ハルヒは窓の前に立ったまま振《ふ》り返らずに言った。後ろ姿がやけに細く見えた。

「おまけに、どうしてあんたと二人だけなのよ？」

知るものか。ハルヒはスカートと髪《かみ》を翻《ひるがえ》し、俺を怒《おこ》ったような顔で見ると、

「探検してくる」と言って、部室を出ようとする。腰《こし》をあげかけた俺に、

「あんたはここにいて。すぐ戻るから」

言い残してさっさと出て行った。うむ、そういうところはハルヒらしいな。溌剌《はつらつ》とした足音が遠ざかるのを聞きながら一人不味《まず》い茶を飲む俺の前に、やっと奴《やつ》が現れた。

小さな赤い光の玉。最初、ピンポン球くらいの大きさ、次いで徐々《じょじょ》に輪郭《りんかく》を広げた光は蛍《ほたる》のような明滅《めいめつ》を繰《く》り返して、最終的に人型を取った。

「古泉か？」

人の形をしていても人間には見えない。目も鼻も口もない、赤く輝《かがや》く人の形。

「やあ、どうも」

能天気な声は、確かに赤い光の中から届く。

「遅《おそ》かったな。もうちょっとまともな姿で登場すると思ってたが……」

「それも込みで、お話しすることがあります。手間取ったのは他《ほか》でもありません。正直に言いましょう。これは異常事態です」

赤い光が揺《ゆ》らめいた。

「普《ふ》通《つう》の閉鎖《へいさ》空間なら僕は難なく侵入《しんにゅう》出来ます。しかし今回はそうではありませんでした。こんな不完全な形態で、しかも仲間のすべての力を借り受けてやっとなんです。それも長くは持たないでしょう。我々に宿った能力が今にも消えようとしているんです」

「どうなってるんだ？　ここにいるのはハルヒと俺だけなのか？」

その通りです、と古泉は言い、

「つまりですね、我々の恐《おそ》れていたことがついに始まってしまったわけですよ。とうとう涼宮さんは現実世界に愛想を尽《つ》かして新しい世界を創造することに決めたようです」

「…………」

「おかげで我々の上の方は恐慌《きょうこう》状態ですよ。神を失ったこちらの世界がどうなるのか、誰にも解りません。涼宮さんが慈悲《じひ》深ければこのまま何もなく存続する可能性もありますが、次の瞬間《しゅんかん》に無に帰することもありえます」

「何だってまた……」

「さあて」

赤い光が炎《ほのお》のようにふらふらと、

「ともかく涼宮さんとあなたはこちらの世界から完全に消えています。そこはただの閉鎖空間じゃない。涼宮さんが構築した新しい時空なんです。もしかしたら今までの閉鎖空間もその予行演習だったのかも」

「面白い冗談だが、それのどこで笑っていいのか教えてくれ。はっはっはっ。」

「笑い事じゃないですよ。大マジです。そちらの世界は今までの世界より涼宮さんの望むものに近づくでしょう。彼女が何を望んでいるかまでは知りようがありませんが。さあどうなるんでしょうね」

「それはいいとして、俺がここにいるのはどういうわけだ」

「本当にお解りでないんですか？　あなたは涼宮さんに選ばれたんですよ。こちらの世界から唯一《ゆいいつ》、涼宮さんが共にいたいと思ったのがあなたです。とっくに気付いていたと思いましたが」

古泉の光は今や電池切れ間近の懐中《かいちゅう》電灯並に光度が落ちていた。

「そろそろ限界のようです。このままいくとあなたがたとはもう会えそうにありませんが、ちょっとホッとしてるんですよ、僕は。もうあの《神人》狩りに行くこともないでしょうから」

「こんな灰色の世界で、俺はハルヒと二人で暮らさないといかんのか」

「アダムとイヴですよ。産めよ増やせよすればいいじゃないですか」

「……殴《なぐ》るぞ、お前」

「冗談です。おそらくですが、閉ざされた空間なのは今だけでそのうち見慣れた世界になると思いますよ。ただしこちらとまったく同じではないでしょうが。今やそちらが真実で、こっちが閉鎖空間だと言えます。どう違《ちが》ってしまうのか、それを観測出来ないのは残念です。まあそっちに僕が生まれるようなことがあれば、よろしくしてやってください」

古泉はもとのピンポン球に戻《もど》りつつあった。人間の形が崩《くず》れ、燃《も》え尽きた恒星《こうせい》のように収縮していく。

「俺たちはもうそっちに戻れないのか？」

「涼宮さんが望めば、あるいは。望み薄《うす》ですがね。僕としましては、あなたや涼宮さんともう少し付き合ってみたかったので惜《お》しむ気分でもあります。ＳＯＳ団での活動は楽しかったですよ。……ああ、そうそう、朝比奈みくると長門有希からの伝言を言付かっていたのを忘れてました」

完全に消え失《う》せる前に、古泉はこう言い残した。

「朝比奈みくるからは謝っておいて欲しいと言われました。『ごめんなさい、わたしのせいです』と。長門有希は、『パソコンの電源を入れるように』。では」

最後はあっさりしたものだった。蠟燭《ろうそく》の火を吹《ふ》き消したような。

俺は朝比奈さんの伝言とやらに頭をひねった。なぜ謝る。朝比奈さんが何をしたと言うんだ。考えるのは後にして、俺はもう一つの伝言に従ってパソコンのスイッチを押した。ハードディスクがシーク音を立てながらディスプレイにＯＳのロゴマークを浮《う》かび上がらせ……なかった。ものの数秒で立ち上がるはずのＯＳがいつまでたっても表示されず、モニタは真っ黒のまま、白いカーソルだけが左端《はし》で点滅《てんめつ》していた。そのカーソルが音もなく動き、素っ気なく文字を紡《つむ》ぐ。

YUKI.N〉みえてる？

しばしほうけた後、俺はキーボードを引き寄せた。指を滑《すべ》らせる。

『ああ』

YUKI.N〉そっちの時空間とはまだ完全には連結を絶たれていない。でも時間の問題。すぐに閉じられる。そうなれば最後。

『どうすりゃいい』

YUKI.N〉どうにもならない。こちらの世界の異常な情報噴出《ふんしゅつ》は完全に消えた。情報統合思念体は失望している。これで進化の可能性は失われた。

『進化の可能性ってな結局何だったんだよ。ハルヒのどこが進化なんだ』

YUKI.N〉高次の知性とは情報処理の速度と正確さのこと。有機生命体に付随《ふずい》する知性は肉体から受ける錯誤《さくご》とノイズ情報が多すぎて処理に制限がかかる。それ故に一定以上のレベルで進化はストップする。

『肉体がなければいいのか』

YUKI.N〉情報統合思念体は初めから情報のみによって構成されていた。情報処理能力は宇宙が熱死を迎《むか》えるまで無限に上昇《じょうしょう》すると思われた。それは違った。宇宙に限りがあるように進化にも限りがあった。少なくとも情報による意識体である以上は。

『涼宮は、』

YUKI.N〉涼宮ハルヒは何もないところから情報を生み出す力を持っていた。それは情報統合思念体にもない力。有機体に過ぎない人間が一生かかっても処理しきれない情報を生み出している。この情報創造能力を解析《かいせき》すれば自律進化への糸口がつかめるかもしれないと考えた。

カーソルが瞬《またた》いた。どこかためらう気配を感じさせて、次の文字が流れる。

YUKI.N〉あなたに賭《か》ける。

『何をだよ』

YUKI.N〉もう一度こちらへ回帰することを我々は望んでいる。涼宮ハルヒは重要な観察対象。もう二度と宇宙に生まれないかもしれない貴重な存在。わたしという個体もあなたには戻ってきて欲しいと感じている。

文字が薄れてきた。弱々しく、カーソルはやけにゆっくりと文字を生んだ。

YUKI.N〉また図書館に

ディスプレイが暗転しようとしていた。とっさに明度を上げてみても無駄《むだ》。最後に長門の打ち出した文字が短く、

YUKI.N〉sleeping beauty

カカカ、ハードディスクが回り出す音に俺は飛び上がりそうになる。アクセスランプが明滅《めいめつ》し、ディスプレイには見慣れたOSのデスクトップ表示。パソコンの冷却《れいきゃく》ファンが立てる唸《うな》りだけがこの世の音のすべてだった。

「どうしろってんだよ。長門、古泉」

俺は腹の底からこみ上げるため息をついて、何気なく、本当に何気なく窓を見上げると、

青い光が窓の枠内《わくない》を埋《う》め尽《つ》くしていた。

中庭に直立する光の巨人《きょじん》。間近で見るそれはほとんど青い壁《かべ》だった。

ハルヒが飛び込んできた。

「キョン！　なんか出た！」

窓際《まどぎわ》に立ちつくす俺の背中にぶつかるようにして止まったハルヒは隣《とな》りに並んで、

「なにアレ？　やたらでかいけど、怪物《かいぶつ》？　蜃気楼《しんきろう》じゃないわよね」

興奮した口調だった。先ほどまでの悄然《しょうぜん》とした様子が嘘《うそ》のよう。不安など感じていないように目を輝《かがや》かせている。

「宇宙人かも、それか古代人類が開発した超《ちょう》兵器が現代に蘇《よみがえ》ったとか！　学校から出られないのはあいつのせい？」

青い壁が身じろぎする。高層ビルを蹂躙《じゅうりん》する光景が脳裏《のうり》でフラッシュバック、俺はとっさにハルヒの手を取ると部屋から飛び出した。

「な、ちょっ！　ちょっと、何？」

　転がるように廊下《ろうか》に出る、と同時に轟音《ごうおん》が大気を震動《しんどう》させ、俺はハルヒを廊下に押し倒《たお》して覆《おお》い被《かぶ》さった。びりびりと部室棟《とう》が揺《ゆ》れる。硬《かた》く重たいものが地面に激突《げきとつ》する衝撃《しょうげき》と音が廊下を伝わって俺に届いた。その度合いからして巨人の攻撃《こうげき》目標になったのは部室棟ではない、多分向かいの校舎だ。

　俺は口をパクパク開閉させているハルヒの手を握《にぎ》って起こし、走り出した。ハルヒは意外におとなしくついてくる。

　汗《あせ》ばんでいるのは俺の掌《てのひら》か、それともハルヒか。

　古びた部室棟の中は埃《ほこり》の匂《にお》いすらしない。階段目指して全力ダッシュする俺は二回目の破《は》壊《かい》音を聞く。

　ハルヒの体温を掌に感じながら階段を駆《か》け下り、中庭を横切ってスロープからグラウンドへ出た。横目でうかがったハルヒの顔は、俺の気の迷いなのかどうなのか、なぜだか少し嬉《うれ》しがっているように思える。まるでクリスマスの朝、枕元《まくらもと》に事前に希望していた通りのプレゼントが置かれていることを発見した子供のように。

　校舎からとりあえずの距離《きょり》をとるまで走り続ける。振《ふ》り仰《あお》いで見ると、巨人の大きさがさらによく解《わか》った。だいたい古泉に連れられて行った場所では、あいつは高層ビルほどもあったのだ。

巨人が手を振り上げ、拳《こぶし》を校舎に叩《たた》きつけた。最初の一撃《いちげき》によって縦に割れていた四階建ての安普請《やすぶしん》はいとも簡単に崩壊《ほうかい》した。破片が四方八方に飛び散って耳障《みみざわ》りな音を立てる。

二百メートルトラックの真ん中まで進んで、俺たちは脚《あし》を止めた。薄暗《うすぐら》いモノトーンのカンバスにそこだけが冗談《じょうだん》のように青い巨大な人型が浮《う》かび上がっている。写真に撮《と》るならこの情景だと俺は思った。朝比奈さんの胸をつかむコンピュータ研の部長ではなく、ましてや朝比奈さんのコスプレ姿でもなく、この映像こそをホームページに貼《は》り付けるべきだろう。

そんなことを考えている俺の耳にハルヒの早口が届いた。

「あれさ、襲《おそ》ってくると思う？　あたしには邪悪《じゃあく》なもんだとは思えないんだけど。そんな気がするのね」

「わからん」

答えながら俺は考えていた。最初に俺を閉鎖空間《へいさ》へと導いた古泉は説明した。《神人》の破壊活動をほったらかしにしていれば、やがて世界が置き換《か》わってしまう、と。この灰色世界が今までいた現実世界に取って代わってしまい、そうして……。

どうなってしまうと言うのだろう。

さっきの古泉によると、新しい世界がハルヒによって創造されるのだと言うことらしい。そこには俺の知っている朝比奈さんや長門はいるのだろうか。それか、目の前にいる《神人》が自在に闊歩《かっぽ》し、宇宙人や未来人や超能力《ちょうのうりょく》者やらが普通《ふつう》にそこらをブラブラしているような、非日常的な風景が常識として迎《むか》え入れられるような世界になるのか。

　そんな世界になったとして、そこで俺の果たす役割は何なのか。考えるだけ無駄《むだ》のようにも思える。解るわけがないからだ。ハルヒが何を考えているのかなんて、他人の思考を読めるほど俺は達者な人間ではない。俺には何の芸もない。

　考え込む俺の耳元でハルヒの朗《ほが》らかな声が、

「何なんだろ、ホント。この変な世界もあの巨人も」

　お前が生み出したものらしいぜ、ここも、あいつもな。それより俺が訊《き》きたいのは、なぜ俺を巻き込んだかということだ。アダムとイヴだと？　アホらしい。そんなベタな展開を俺は認めない。認めてたまるか。

「元の世界に戻《もど》りたいと思わないか？」

　棒読み口調で俺は言った。

「え？」

　輝《かがや》いていたハルヒの目が曇《くも》ったように見えた。灰色の世界でも際《きわ》だつ白い顔が俺に向く。

「一生こんなところにいるわけにもいかないだろ。腹が減っても飯食う場所がなさそうだぜ、店も開いてないだろうし。それに見えない壁《かべ》、あれが周囲を取り巻いているんだとしたら、そこから出ていくことも出来ん。確実に飢《う》え死にだ」

「んー、なんかね。不思議なんだけど、全然そのことは気にならないのね。なんとかなるような気がするのよ。自分でも納得出来ない、でもどうしてだろ、今ちょっと楽しいな」

「SOS団はどうするんだ。お前が作った団体だろう。ほったらかしかよ」

「いいのよ、もう。だってほら、あたし自身がとっても面白《おもしろ》そうな体験をしているんだし。もう不思議なことを探す必要もないわ」

「俺は戻りたい」

巨人《きょじん》は校舎の解体作業の手を休めていた。

「こんな状態に置かれて発見したよ。俺はなんだかんだ言いながら今までの暮らしがけっこう好きだったんだな。アホの谷口や国木田も、古泉や長門や朝比奈さんのことも。消えちまった朝倉をそこに含《ふく》めてもいい」

「……何言ってんの？」

「俺は連中ともう一度会いたい。まだ話すことがいっぱい残っている気がするんだ」

ハルヒは少しうつむき加減に、

「会えるわよきっと。この世界だっていつまでも闇《やみ》に包まれているわけじゃない。明日になったら太陽だって昇《のぼ》ってくるわよ。あたしには解るの」

「そうじゃない。この世界でのことじゃないんだ。元の世界のあいつらに、俺は会いたいんだよ」

「意味わかんない」

ハルヒは口を尖《とが》らせて俺を見上げていた。せっかくのプレゼントを取り上げられた子供のような怒《いか》りと悲《ひ》哀《あい》が混じった微妙《びみょう》な表情だ。

「あんたは、つまんない世界にうんざりしてたんじゃないの？　特別なことが何も起こらない、普通の世界なんて、もっと面白いことが起きて欲しいと思わなかったの？」

「思ってたとも」

巨人が歩き出した。崩《くず》れ落ちることなく残っていた校舎の残骸《ざんがい》を蹴《け》り倒《たお》して中庭を進んでくる。渡《わた》り廊下《ろうか》に手刀をかまし、部室棟《とう》にもパンチを入れる。吹《ふ》き飛んでいく俺たちの学校。俺たちの部室。

ハルヒの頭越《ご》しに、その巨人とは別の方角にも青い壁が立ち上がってくるのが見えた。一つ、二つ、三つ……。五四《ひき》目まで数えて、俺はカウントを放棄《ほうき》した。

光の巨人たちは、赤い光玉に邪魔《じゃま》されることもなく、灰色の世界を好きなように破《は》壊《かい》し始め、し続けていた。その姿がどこか喜々として見えるのは俺の精神上の問題だろうか。奴《やつ》らが手足を振《ふ》り上げるたびに空間が削《けず》り取られるように、そこに見えていた風景が消え去っていく。

もう校舎の跡形《あとかた》は半分も残っていない。

閉鎖《へいさ》空間が拡大しているのかどうか俺は感じ取ることが出来ないし、また拡大しまくったこの空間がやがて新たな現実空間に成り果てるのかどうかも知らん。ただ、そうなのだろうと思うだけだ。今の俺は、電車で隣《とな》りに座った酔《よ》っぱらいのおっさんが「誰《だれ》にも言うなよ、実はわしは宇宙人じゃ」と言ったところで信じてしまえる。すでに俺の経験値は一ヶ月前の三倍の数値くらいには膨《ふく》れあがっているのだ。

俺に出来ることは何か。一ヶ月前なら無理でも、今の俺になら出来ることだ。ヒントならすでにいくつも貰《もら》ってある。

俺は決意して、そして言った。

「あのな、ハルヒ。俺はここ数日でかなり面白い目にあってたんだ。お前は知らないだろうけど、色んな奴らが実はお前を気にしている。世界はお前を中心に動いていたと言ってもいい。みんな、お前を特別な存在だと考えていて、実際そのように行動してた。お前が知らないだけで、世界は確実に面白い方向に進んでいたんだよ」

俺はハルヒの肩《かた》をつかもうとして、まだ手を握《にぎ》りしめたままだったことに気付いた。

ハルヒは、こいつは何か悪いものでも食べたのかと言いたそうな顔をしていた。

ついと視線をそらしてハルヒは校舎をめちゃくちゃに破壊している巨人《きょじん》を、そうするのが当然だと言うように眺《なが》めた。

その横顔は、あらためて見ると年相応の線の柔《やわ》らかさが浮《う》き彫《ぼ》りになっている。長門は言った、「進化の可能性」と。朝比奈さんによると「時間の歪《ゆが》み」で、古泉に至っては「神」扱《あつか》いだ。では俺にとってはどうなのか。涼宮ハルヒの存在を、俺はどう認識しているのか？

ハルヒはハルヒであってハルヒでしかない、なんてトートロジーでごまかすつもりはない。ないが、決定的な解答を、俺は持ち合わせてなどいない。そうだろ？　教室の後ろにいるクラスメイトを指して「そいつはお前にとって何なのか」と問われて何と答えりゃいいんだ？　……いや、すまん。これもごまかしだな。俺にとって、ハルヒはただのクラスメイトじゃない。もちろん「進化の可能性」でも「時間の歪み」でもましてや「神様」でもない。あるはずがない。

巨人が振り向いた。グラウンドへと。顔も目もないのに、俺は確かな視線を感じた。歩き出す。その一歩は何メートルあるのか、緩慢《かんまん》な歩みの割に俺たちに近づく姿が巨大さを増してくる。

思い出せ。朝比奈さんは何と言ったか。その予言を。それから長門が最後に俺に伝えたメッセージ。白雪姫《ひめ》、スリーピング・ビューティ。いくら俺でも sleeping beauty の邦訳《ほうやく》を何というのかは知っている。両者に共通することと言えば何だ？俺たちが今置かれている状況《じょうきょう》と合わせて考えてみたら答えは明快だ。なんてベタなんだ。ベタすぎるぜ、朝比奈さん、そして長門。そんなアホっぽい展開を俺は認めたくはない。絶対にない。

俺の理性がそう主張する。しかし人間は理性のみによって生きる存在にあらず。長門ならそれを「ノイズ」と言うかもしれない。俺はハルヒの手を振りほどいて、セーラー服の肩をつかんで振り向かせた。

「なによ……」

「俺、実はポニーテール萌《も》えなんだ」

「なに？」

「いつだったかのお前のポニーテールはそりゃもう反則なまでに似合ってたぞ」

「バカじゃないの？」

黒い目が俺を拒否《きよひ》するように見る。抗議《こうぎ》の声を上げかけたハルヒに、俺は強引《ごういん》に唇《くちびる》を重ねた。こういう時は目を閉じるのが作法なので俺はそれに則《のっと》った。ゆえに、ハルヒがどんな顔をしているのかは知らない。驚《おどろ》きに目を見開いているのか、俺に合わせて目を閉じているのか、今にもぶん殴《なぐ》ろうと手を振りかざしているのか、俺に知るすべはない。だが俺は殴られてもいいような気分だった。賭《か》けてもいい。誰がハルヒにこうしたって、今の俺のような気持ちになるさ。俺は肩にかけた手に力を込める。しばらく離《はな》したくないね。

遠くでまた轟音《ごうおん》が響《ひび》き、巨人がまた校舎に殴る蹴《け》るをしているんだろ、とか思った次の瞬間《しゅんかん》、俺は不意に無重力下に置かれ、反転し、左半身を嫌《いや》と言うほどの衝撃《しょうげき》が襲《おそ》って、いくら何でも払《はら》い腰《ごし》をかけることはないだろうと思いながら上体を起こして目を開き、見慣れた天井《てんじょう》を目にして固まった。

そこは部屋。俺の部屋。首をひねればそこはベッドで、俺は床《ゆか》に直接寝転《ねころ》がっている自分を発見した。着ているものは当然スウェットの上下。乱れた布団《ふとん》が半分以上もベッドからずり下がり、そして俺は手を後ろについてバカみたいに半口を開けているという寸法だ。

思考能力が復活するまでけっこうな時間がかかった。

半分無意識の状態で立ち上がった俺は、カーテンを開けて窓の外をうかがい、ぽつぽつと光る幾《いく》ばくかの星や道を照らす街灯、ちらちらと点《つ》いている住宅の明かりを確認してから、部屋の中央をぐるぐる円を描《えが》いて歩き回った。

夢か？　夢なのか？

見知った女と二人だけの世界に紛《まぎ》れ込んだあげくにキスまでしてしまうという、フロイト先生が爆笑《ばくしょう》しそうな、そんな解《わか》りやすい夢を俺は見ていたのか。

ぐあ、今すぐ首つりてえ！

日本が銃《じゅう》社会化を免《まぬか》れていることに感謝すべきだったかもしれない。手の届く範囲《はんい》に自動小銃の一丁でもあれば、俺は躊躇《ちゅうちょ》なく自分の頭を撃ち抜《ぬ》いていただろう。あれが朝比奈さんなら、まだ俺は自分の夢の内容について正しい自己分析《ぶんせき》が出来ていたものを、なのによりにもよってハルヒとは、俺の深層意識はいったい何を考えているんだ？

俺はぐったりとベッドに着席し、頭を抱《かか》えた。夢だったとすると、俺は未《いま》だかつてないリアルなもんを見たことになる。汗《あせ》ばんだ右手、それに唇に残る温かくて湿《しめ》った感触《かんしょく》。

……か、ここはすでに元の世界ではないとか。ハルヒによって創造された新世界なのか。だったとして、俺にそんなことを確かめるすべはあるのか。

ない。あるのかもしれないが思いつかない。というか何も考えたくない。自分の脳ミソがあんな夢を見せたなどと認めるくらいなら、世界がぶっ壊《こわ》れたと言われたほうがだんだんマシに思えてきた。今すぐ誰《だれ》かに逆ギレしたい。

目覚まし時計を持ち上げて現時刻を確認、午前二時十三分。

俺は布団を頭まで被《かぶ》り、冴《さ》え渡《わた》った脳髄《のうずい》に睡眠《すいみん》を要求した。

……寝《ね》よう。

一睡《いっすい》も出来なかったけどな。

そんなわけで俺は今、這《は》うようにして今日も不元気に坂道を登っている。正直、ツライ。途中《とちゅう》で谷口に会ってバカ話をされなかっただけマシと思おう。かんかん照りの太陽は律儀《りちぎ》に核融合《かくゆうごう》全開だ。少しは休めばいいのに。

来て欲しいときに来なかった睡魔《すいま》の野郎《やろう》が今頃《いまごろ》俺の頭の上を旋回《せんかい》している。一限を何分聞いていられるか、かなり疑問だ。

校舎が見えてきた時、俺は不覚にも立ち止まってしみじみと古ぼけた四階建てを眺《なが》めてしまった。汗だらけになった生徒たちが巣穴に向かうアリの行列のように吸い込まれていく玄関《げんかん》も、部室棟《とう》も、渡り廊下《ろうか》もちゃんとそのままだ。

俺は足を引きずり引きずり、よたよたと階段を上がって懐《なつ》かしむべき一年五組の教室へ向かい、開けっ放しの戸口から三歩歩いたところでまた立ち止まった。

窓際《まどぎわ》、一番後ろの席に、ハルヒはすでに座っていた。何だろうね、あれ。頬杖《ほおづえ》をつき、外を見ているハルヒの後頭部がよく見える。

後ろでくった黒髪《くろかみ》がちょんまげみたいに突《つ》き出していた。ポニーテールには無理がある。それ、ただくくっただけじゃないか。

「よう、元気か」

俺は机に鞄《かばん》を置いた。

「元気じゃないわね。昨日、悪夢を見たから」

ハルヒは平坦《へいたん》な口調で応《こた》える。それは奇遇《きぐう》なことがあったもんだ。

「おかげで全然寝れやしなかったのよ。今日ほど休もうと思った日もないわね」

「そうかい」

硬《かた》い椅子《いす》にどっかと腰《こし》を下ろし、俺はハルヒの顔をうかがった。耳の上から垂れる髪《かみ》が横顔を覆《おお》っていて表情が解りにくい。ただ、まあ、あんまり上機嫌《じょうきげん》ではなさそうだ。少なくとも、顔の面だけは。

「ハルヒ」

「なに？」

窓の外から視線を外さないハルヒに、俺は言ってやった。

「似合ってるぞ」

エピローグ

その後のことを少しだけ語ろう。

ハルヒはその昼にはあっさり髪をほどいて元のストレートヘアに戻《もど》してしまった。飽《あ》きたのだろう。また髪が伸《の》びた頃《ころ》に、遠回しに勧《すす》めてみようと思っている。

古泉とはトイレに行った帰りの休み時間に廊下で出会った。

「あなたには感謝すべきなんでしょうね」

無駄《むだ》に爽《さわ》やかな笑顔《えがお》で言う。

「世界は何も変わらず、涼宮さんもここにいる。僕のアルバイトもしばらく終わりそうにありません。いやいや、本当にあなたはよくやってくれましたよ。皮肉じゃありませんよ？　まあ、この世界が昨日の晩に出来たばかりという可能性も否定できないわけですが。とにかく、あなたと涼宮さんにまた会えて、光栄です」

長い付き合いになるかもしれませんね、と言いつつ、古泉は俺に手を振《ふ》った。

「また、放課後に」

昼休みに顔を出した文芸部部室では、長門がいつもの情景で本を読んでいた。

「あなたと涼宮ハルヒは二時間三十分、この世界から消えていた」

第一声がそれである。そしてそれだけだった。素知らぬ顔で文字を黙読《もくどく》し続ける長門に、

「貸してくれた本な、今読んでるんだ。あと一週間もしたら返せると思う」

「そう」

視線を合わさないのはいつものことだ。

「教えてくれ。お前みたいな奴《やっ》は、お前の他《ほか》にどれだけ地球にいるんだ?」

「けっこう」

「なあ、また朝倉みたいなのに俺は襲《おそ》われたりするのかな」

「だいじょうぶ」

この時だけ長門は顔を上げ、俺を見つめた。

「あたしがさせない」

図書館の話はしないことにした。

放課後の部室にいた朝比奈さんは珍《めずら》しくメイド服を着ておらずセーラー服姿で、俺を目にするや全身でぶつかってきた。

「よかった、また会えて……」

俺の胸に顔を埋《うず》めて朝比奈さんは涙声《なみだごえ》で、

「もう二度と……（ぐしゅ）こっちに、も、（ぐしゅ）戻ってこないかと、思、」

背中に手を回そうとした俺の動きを感じたのか、朝比奈さんは両手を俺の胸に当てて突っ張《ぱ》った。

「だめ、だめです。こんなとこ涼宮さんに見られたら、また同じ穴の二《に》の舞《まい》です」

「意味解《わか》らないですよ、それ」

涙を溜《た》めた大きな瞳《ひとみ》が可憐《かれん》を通り越《こ》している。思わず人生をやり直したくなるような、この素直《すなお》な瞳に参らない男はいまい。

「今日はメイド服は着ないんですか」

「お洗濯《せんたく》中です」

その時思いついた。俺は自分の心臓の上を指さして、

「そう言えば朝比奈さん、胸のここんとこに星形のホクロがありますよね」

目尻《めじり》を指で拭《ぬぐ》っていた朝比奈さんは、目の前で散弾銃《さんだんじゅう》をぶっ放された旅行鳩《りょこうばと》みたい

な顔になり、くるりと背を向けて、襟《えり》ぐりを広げて胸元《むなもと》を覗《のぞ》き込み、面白《おもしろ》いようにみるみる耳を赤く染めた。

「どっ！　どうして知ってるんですか！　あたしも今まで星の形なんて気付かなかったのにっ！　いいいいいつ見たんですか！」

首まで赤くして朝比奈さんは幼児のように両手で俺をぽかすか殴《なぐ》りつける。

もっと未来のあなたが教えてくれました、正直に言ったほうがいいのだろうか。

「なにやってんの、あんたら？」

戸口のハルヒが呆《あき》れたように言った。握《にぎ》り拳《こぶし》を停止させた朝比奈さんがまた顔面蒼《そう》白《はく》になる。しかしハルヒは、義理の娘《むすめ》は毒リンゴを齧《かじ》って死にましたと報告を受けた継母《ままはは》のようなニマニマ笑いを顔中で表現しながら、提《さ》げていた紙袋《かみぶくろ》を持ち上げた。

「みくるちゃん、メイド服もそろそろ飽きたでしょう。さあ、着替《きが》えの時間よ」

古流武術の達人さながら、一瞬《いっしゅん》にして間合いを詰《つ》めたハルヒはいともやすやすと硬《こう》直《ちょく》中の朝比奈さんを取り押さえ、

「いっ、きゃ、なっ、やっ、やめ、」

悲鳴を上げる朝比奈さんの制服を脱《ぬ》がせにかかるのだった。

「暴れないの。抵抗《ていこう》は無駄よ。今度のはナースよナース、看護婦さん。最近は看護師って言うんだっけ？　まあいいや。同じことだし」

「せめてドアは閉じてぇ！」

ものすごく見物していたかったが、俺は失礼して部室を辞し、扉《とびら》を閉めて合掌《がっしょう》した。

朝比奈さんには悪いが、扉を開ける時が実に楽しみだ。

ああ、長門なら最初から最後までテーブルで本読んでた。

さて長らく棚《たな》上げしていたSOS団設立に伴《ともな》う書類申請《しんせい》だが、このたび俺はようやくそれらしい文書をでっちあげて生徒会に提出してやった。「世界を大いに盛り上げるための涼宮ハルヒの団」では賄賂《わいろ》でも包まない限り却下《きゃっか》されること確実と思われたので、「生徒社会を応援《おうえん》する世界造りのための奉仕《ほうし》団体（同好会）」（略称《りゃくしょう》・SOS団）と独断で改名し、活動内容も「学園生活での生徒の悩《なや》み相談、コンサルティング業務、地域奉仕活動への積極参加」ということにした。言葉の意味なんか俺にだって解りはしないが、首尾《しゅび》良く申請を受け付けられたら悩み相談募集《ぼしゅう》のポスターでも掲示《けいじ》板《ばん》に貼《は》り付けようかと思う。俺たちに相談してどうなるもんでもないような気もするけどな。

一方で、ハルヒ指揮のもと、市内の「不思議探索《たんさく》パトロール」も鋭意継続《えいいけいぞく》中で、本日は記念すべきその二回目である。例によってせっかくの休みを一日潰《つぶ》してあてどもなくそこらをウロウロするという企画《きかく》なのだが、どういう偶然《ぐうぜん》だろう、朝比奈さんと長門と古泉が直前になって行けなくなった、どうしても外せない重要な用事が出来て、と言い出し、というわけで俺は今、駅の改札口で一人、ハルヒを待っている。

三人が何かの気をきかせたつもりでいるのか、それとも本当に急用が出来たのかは解らないが、それぞれ常人ばなれしている三人のことだから、また俺たちの知らないところで妙《みょう》な事態になってての対応に追われている気がしないでもない。

俺は腕《うで》時計に目をやった。集合時間まではあと三十分もある。俺がここに突《つ》っ立ってからすでに三十分が経過してて、つまり俺は待ち合わせの一時間前にここに到着《とうちゃく》したのであって、これは別段はやる心を抑《おさ》えかねてというわけではなく、遅刻《ちこく》の有無《うむ》にかかわらず最後に来た者は罰金《ばっきん》という定めがSOS団にあるからであり他意はない。なんせ参加人数二人だからな。

時計から目を上げると、すぐに遠くから歩いてくる見覚えのある私服姿が目に入った。よもや三十分前に来たのに俺がもう待っていると思わなかったのか、ぎくりとしたように立ち止まり、また憤然《ふんぜん》と歩き始める。眉根《まゆね》を寄せるしかめっ面《つら》のゆえんが参加率の低さを嘆《なげ》いたものか、俺に後《おく》れを取った不覚を嘆いたものなのかは解らない。

後でゆっくり聞いてやろう。ハルヒの奢《おご》りの喫茶店《きっさてん》で。

その際に俺は色々なことを話してやりたいと思う。ＳＯＳ団の今後の活動方針について、朝比奈さんへのコスプレ衣装の希望、クラスでは俺以外の奴《やつ》とも会話してやれ、フロイトの夢判断をどう思うか、などなど。

しかしまあ、結局のところ。

最初に話すことは決まっているのだ。

そう、まず——。

宇宙人と未来人と超能力《ちょうのうりょく》者について話してやろうと俺は思っている。

あとがき

なんとなくですが、一人の人間が一生涯《いっしょうがい》で書くことのできる文章量は、その人が生まれ落ちた瞬間《しゅんかん》にすでに決定されているのではないかと思うことがあります。あらかじめ規定の文字数があるのだとすると、書けば書くほど目減りしていくわけなので、そうするとどんどん書くことがなくなっていく計算になりますが、実際問題として一日で四百字詰《づ》め原稿《げんこう》用紙換算《かんさん》三百枚くらい書いてしまおうと思っても書けたためしがないので案外正解なのかもしれません。もっとも一日で十二万文字も書こうとしたら一秒で一文字をタイプしたとしても約三十三時間かかるため、そんなんできっこないのですが、どこかでやり遂《と》げている人がいるかもしれないので確証を得ることができません。

できないと言えば、この前振《まえふ》りから話題を膨《ふく》らませることもできないのですが、それはいったん脇《わき》に置いておいて別の話に移行すると、猫《ねこ》は良い生き物です。可愛《かわい》いしグンニャリしてるしニャーと鳴きます。だからそれがどうしたんだと思われても困るのですが、僕自身が困っているのでそのあたりはいいわけのしようもなく、「そのようなものである」と思っていただければ幸いです。

ところで、この本は畏《おそ》れ多くも有《あ》り難《がた》くもスニーカー大賞を授与《じゅよ》された結果としてこの世に出ていると思うのですが、受賞した旨《むね》の連絡《れんらく》をいただいたとき、僕はまず自分の耳を疑い次に頭を疑い受話器を疑い現実を疑い地球が自転しているという事実を疑い始めて、ようやく「どうやら本当のことらしい」と思い当たり、意味もなく猫を振り回してみたりもして噛《か》みつかれ、手の甲《こう》に残った歯形を眺《なが》めながら、もし人間が持っている運があらかじめ決定されているのならば、この時点ですべての幸運を使い果たしているに違《ちが》いないと考えたところまでは覚えていますが、なにぶん、あまりの精神的衝撃《しょうげき》により部分的な記憶《きおく》の欠如《けつじょ》が見られますので自分でも確かなことが言えません。いろいろあったような気がします。

そのようなわけで、この本が出るにあたっての作業工程過程決定にたずさわられた方々の労苦は書いた本人のそれをさらに二乗した以上のものだと思われます。現在私が感じている感謝の念を言語化しようとしても日本語にその感謝規模を表現できる語彙《ご》《い》は存在しないくらいの途方《とほう》もなさです。特に選考委員の方々には何とお礼申し上げればいいものか解《わか》らず、新しい形容詞を考案している最中なのですが、たぶんそんな自作言語で何か言われても意味不明となって終了《しゅうりょう》するであろうことも容易に想像できます。とにかく有り難いことです。有り難うございました。心底から、そう思います。

今ここにいる私は、なんとかスタート地点に立たせてもらったばかりの上に号砲《ごうほう》と同時にコケるかもしれずゴールがどっちでどこらへんにあるのか、ひょっとしたら給水ポイントすらない道を走り出してしまったのかもしれませんが、迷走しつつも走り続けることができたらよいなとしみじみと思います。そんな他人事《ひとごと》みたいに思っている場合でもないのですが。

最後に、この本の製造制作出版に際し直接的間接的有形無形のかかわりを持っていただけた方々全員と、読んでいただけた方々全員に無限の感謝をささげつつ、今回はこれにて失礼いたします。

谷川流

解説

筒井康隆

涼宮《すずみや》ハルヒという名詞がついたタイトルの文庫本が文庫の売れ筋ランキングでずらずらずらずらと上位を占めはじめたことに気づいたのはもう何年前になるだろう。シリーズとして十巻十一冊が並んでいて、それぞれが何十版も版を重ねていることにずいぶん驚いたものだ。ちょうど文芸書の売上げ低迷が続いていておれの本も滅多に重版がかからなくなっている時だったから、これはずいぶん羨《うらや》ましかった。調べてみるとそれまでも何度か耳にしたことがあるライトノベルという種類の小説であるらしい。そして文庫のランキングを見ると「涼宮ハルヒ」シリーズを書いた谷川流《たにがわながる》以外の作家のライトノベル（以下ラノベと略称）も、結構版数を伸ばしているのである。大文豪でありながら言うまでもなくそもそも節操のないおれであるから、ようしおれも書いてやれ、書いて版数を伸ばして大儲《もう》けしてやれと思ったのは当然のことであったろう。しかしそのラノベとはいったいどんな代物なのか。それを知らないままに書くことはできないので兎《と》にも角にも「涼宮ハルヒ」シリーズの第一作目とされる「涼宮ハルヒの憂鬱」から読み始めた。と同時にこの作品がどの程度ジャンルの定石を踏襲しているかを知るために、ラノベが一般にどう定義づけられているかについても調べた。まずは読後の感想を述べる。

「涼宮ハルヒの憂鬱」はラノベである以前に優れたユーモアSFであるということだけはまず言っておく。最初のうちは性格的に周囲と乖離《かいり》している女子高校生を主人公にした青春ドラマかと思いながら読んで行くうち、だんだんとでもないことになってきて、語り手のキョンと綽名《あだな》で呼ばれる少年を除く副主人公たちがそれぞれ宇宙的な組織から派遣されているAI、未来から来た少女、正体不明の機関に所属する超能力者であることがわかってくる。ここで物語は青春ドラマから一挙にラノベで言うところのセカイ系なる物語となり、副主人公それぞれがSF的ペダントリイを駆使して語るのだが、このあたり作者はSFの知識を充分に咀嚼《そしやく》していてなかなか堂に入ったものだ。つまりこの作品はわざわざラノベを呼称することもない立派なSFであると言えるのだが、ラノベの読者が冀求《ききゆう》するコミックやアニメのキャラクター類似の美少女たちをちゃんとキャラクターにしていて、またそうした所謂萌え絵《いわゆるも》を表紙や挿絵で描いているという最低限のラノベの定義を踏襲している以上は、やはりSFというよりはラノベに分類されるべきものなのであろう。一方で前記セカイ系という評論家東《あずま》浩紀《ひろき》によって提唱された呼称の意味は、例えばこの作品の場合は、語り手も含めた主人公たちによる小さな関係の話が、世界の危機とかこの世の終わりといった大問題に発展してしまう小説のことであり、これもみごとにセカイ系の定石を踏襲しているのだ。

この作品は株式会社KADOKAWAが主催するスニーカー大賞を受賞し、スニーカー文庫に収められている。そして前記のように「涼宮ハルヒ」シリーズ最初の作品である。よくここまで定義を守ってジャンル内で屹立《きつりつ》した作品に仕立てあげたものだと感服する。これが受賞した第八回では選考委員たち全員が推したというのも頷《うなず》けることだ。特に感心したのは、これがシリーズ化されることを見越して書かれていることだ。最近はラノベのコンテストにおいて特にシリーズ化を意識したような作品が多いらしいのだが、この「涼宮ハルヒの憂鬱」に限って言うならばさほど引きネタが目立つわけでもない。そのあたりが作者の目配りのよさだろう。強いて引きネタと言えそうなものは悪役の朝倉涼子《あさくらりょうこ》が姿をくらますところで、のちのち再登場があることを半ば予告的に書いていて期待を持たせるのだ。そして読者がいちばん再会を望むのは勿論《もちろん》、萌えキャラの朝比奈《あさひな》みくるである。この時をかける少女は「未来で待ってる」と言わんばかりに二十歳前後の成長した姿でちらりと登場し、のちの再登場をいやが上にも期待させるのである。

しかし何よりもこの作品の大きな魅力は、主人公涼宮ハルヒのエキセントリックなキャラクター造形にある。この美少女は男を男とも思わず、自分の興味の赴く方向にしか行動せず、その志向するところがどれだけ一般と異なっていようとかまうことではないというとんでもない性格の持ち主であり、なぜそんなキャラがこの世に発生したかの謎《なぞ》が明かされてからはそれをきっかけとして物語が大きく変貌し、読者を多元的な異世界へと否応《いやおう》なしに引きずり込んでしまうのだ。

こうして涼宮ハルヒとそのレギュラーによる物語の読者は、「涼宮ハルヒの憂鬱」に続く「～の溜息」「～の退屈」と読んできて、突然それまでと明らかに雰囲気の異なる「～の消失」に遭遇する。この第四作についての詳細を未読の読者のため明らかにすることができないのは残念だが、それまでの単なるSFとは違って不条理感のあふれる純文学的要素が極めて強く、読者はある種の感動に襲われる。この感動の存在は強《あなが》ち小生だけではなくわが周辺の編集者たちによる「シリーズで一番の傑作は『～の消失』だ」という意見の一致で証明されるだろう。そしてこの感動は最初から「～の消失」だけを読んだからと言って生まれるものではない。シリーズを順に読んできて第四作目に到《いた》り、やっと生まれる感動なのである。つまりは、まるで友人や家族のように涼宮ハルヒとそのファミリーにつきあい、何もかも知り尽くし、そのストーリイを日常のように思いはじめているさなかに突然やってくる衝撃なのだ。この第四作がなければ、あるいは小生、自分もラノベを書いてやろうなどという気は起こさなかったかも知れない。即ち如何《いか》によく売れていようとこれは自分の書くべきジャンルではないと決めていたかもしれないのだ。にもかかわらず書こうと決意させたのは他でもない、この作品によって、ラノベでも文学的主張が可能なのだと知ったからであった。

ではどのようにしてラノベに文学的主張を盛り込むのか。それはまさに谷川流が最もラノベらしいラノベをと志向したことを反転させ、ラノベでありながらラノベらしさを逆手にとって読者の意識を宙吊《ちゅうづ》りにすることである。そうすることによってラノベというジャンルを越境し、読者にある種の不安を齎《もたら》し、精神の一隅に文学的不安の種を蒔《ま》こうと企《たくら》むのだ。言い換えればメタラノベとでも言うべき、ラノベを批評するラノベなのだが、それが成功しているかどうかは小生唯一のラノベたる「ビアンカ・オーバースタディ」をご一読願いたい。他の著者の作品の解説で自作の宣伝をするなど本来以《もっ》ての外の行為ではあるが、小生が「涼宮ハルヒ」シリーズに触発されて「ビアンカ〜」を書いたことはよく知られているから、この解説がこうなることは著者も編集者も一部の読者も予想していたことであった筈《はず》だ。ここから先のなりゆきは拙著「ビアンカ〜」のあとがきに詳しいので、評判になった「太田《おおた》が悪い」のフレーズも含めて、そちらをご覧いただきたいものである。

さてこの度本書はスニーカー文庫から本来の角川文庫へと移ることになり、その機会に小生が解説を書くことになったのだが、これを以てしても本書がもはやラノベの域にとどまらず、文芸的な小説として認められたばかりでなく、文壇的事件として文学史の一頁となったことを示している。

尚《なお》、前記「書いて版数を伸ばして大儲けして」やろうという小生の卑しい目的は達することができたかどうか。残念ながら数十万部とはいかず、いささかがっかりであったが、版を重ねて十万部には近づいたのだから、まずまず近頃にない収穫であったとは言えるだろう。

本書は、二〇〇三年六月に角川スニーカー文庫
より刊行された作品を再文庫化したものです。

涼宮《すずみや》ハルヒの憂鬱《ゆううつ》

谷川《たにがわ》 流《ながる》

平成31年 1月25日　初版発行
令和元年 5月15日　4版発行

発行者●郡司 聡

発行●株式会社KADOKAWA
〒102-8177　東京都千代田区富士見2-13-3
電話　0570-002-301(ナビダイヤル)

角川文庫 21398

印刷所●株式会社暁印刷
製本所●株式会社ビルディング・ブックセンター

表紙画●和田三造

ISBN 978-4-04-106773-4　C0193

◇◇◇

角川文庫発刊に際して

角　川　源　義

第二次世界大戦の敗北は、軍事力の敗北であった以上に、私たちの若い文化力の敗退であった。私たちの文化が戦争に対して如何に無力であり、単なるあだ花に過ぎなかったかを、私たちは身を以て体験し痛感した。西洋近代文化の摂取にとって、明治以後八十年の歳月は決して短かすぎたとは言えない。にもかかわらず、近代文化の伝統を確立し、自由な批判と柔軟な良識に富む文化層として自らを形成することに私たちは失敗して来た。そしてこれは、各層への文化の普及滲透を任務とする出版人の責任でもあった。

一九四五年以来、私たちは再び振出しに戻り、第一歩から踏み出すことを余儀なくされた。これは大きな不幸ではあるが、反面、これまでの混沌・未熟・歪曲の中にあった我が国の文化に秩序と確たる基礎を齎らすためには絶好の機会でもある。角川書店は、このような祖国の文化的危機にあたり、微力をも顧みず再建の礎石たるべき抱負と決意とをもって出発したが、ここに創立以来の念願を果すべく角川文庫を発刊する。これまで刊行されたあらゆる全集叢書文庫類の長所と短所とを検討し、古今東西の不朽の典籍を、良心的編集のもとに、廉価に、そして書架にふさわしい美本として、多くのひとびとに提供しようとする。しかし私たちは徒らに百科全書的な知識のジレッタントを作ることを目的とせず、あくまで祖国の文化に秩序と再建への道を示し、この文庫を角川書店の栄ある事業として、今後永久に継続発展せしめ、学芸と教養との殿堂として大成せんことを期したい。多くの読書子の愛情ある忠言と支持とによって、この希望と抱負とを完遂せしめられんことを願う。

一九四九年五月三日

角川文庫ベストセラー

時をかける少女〈新装版〉　筒井康隆

放課後の実験室、壊れた試験管の液体からただよう甘い香り。このにおいを、わたしは知っている——思春期の少女が体験した不思議な世界と、あまく切ない想いを描く。時をこえて愛され続ける、永遠の物語！

にぎやかな未来　筒井康隆

「超能力」「星は生きている」「最終兵器の漂流」「怪物たちの夜」「007入社す」「コドモのカミサマ」「無人警察」「にぎやかな未来」など、全41篇の名ショートショートを収録。

農協月へ行く　筒井康隆

ご一行様の旅行代金は一人頭六千万円、月を目指して宇宙船ではどんちゃん騒ぎ、着いた月では異星人とコンタクトしてしまい、国際問題に……!?　シニカルな笑いが炸裂する標題作など短篇七篇を収録。

幻想の未来　筒井康隆

放射能と炭疽熱で破壊された大都会。極限状況で出逢った二人は、子をもうけたが。進化しきった人間の未来、生きていくために必要な要素とは何か。表題作含む、切れ味鋭い短篇全一〇編を収録。

霊長類南へ　筒井康隆

新聞記者・澱口が恋人の珠子と過ごしていた頃、合衆国大統領は青くなっていた。日本と韓国、ソ連に原爆が落ちたのだ。ソ連はミサイルで応戦。澱口と珠子は、人類のとめどもない暴走に巻き込まれ——。

角川文庫ベストセラー

Another (上)(下)　綾辻行人

1998年春、夜見山北中学に転校してきた榊原恒一は、何かに怯えているようなクラスの空気に違和感を覚える。そして起こり始める、恐るべき死の連鎖！名手・綾辻行人の新たな代表作となった本格ホラー。

霧越邸殺人事件〈完全改訂版〉(上)(下)　綾辻行人

信州の山中に建つ謎の洋館「霧越邸」。訪れた劇団「暗色天幕」の一行を迎える怪しい住人たち。邸内で発生する不可思議な現象の数々…。閉ざされた〝吹雪の山荘〟でやがて、美しき連続殺人劇の幕が上がる！

深泥丘奇談《みどろがおかきだん》　綾辻行人

ミステリ作家の「私」が住む〝もうひとつの京都〟。その裏側に潜む秘密めいたものたち。古い病室の壁に、長びく雨の日に、送り火の夜に……魅惑的な怪異の数々が日常を侵蝕し、見慣れた風景を一変させる。

深泥丘奇談《みどろがおかきだん》・続《ぞく》　綾辻行人

激しい眩暈が古都に蠢くモノたちとの邂逅へ作家を誘う。廃神社に響く〝鈴〟、閏年に狂い咲く〝桜〟、神社で起きた〝死体切断事件〟。ミステリ作家の「私」が遭遇する怪異は、読む者の現実を揺さぶる——。

Another エピソードS　綾辻行人

一九九八年、夏休み。両親とともに別荘へやってきた見崎鳴が遭遇したのは、死の前後の記憶を失い、みずからの死体を探す青年の幽霊、だった。謎めいた屋敷を舞台に、幽霊と鳴の、秘密の冒険が始まる——。